ほくろ

嵐に立ち向かった男

小山矩子
Noriko Koyama

文芸社

ほくろ

——嵐に立ち向かった男——

も・く・じ

第一部　もやの中

第二部　平太翔《と》び立つ

第三部　医学界の維新《いしん》

第四部　夢に向かって

第一部　もやの中

一　ほくろ

平太《へいた》は一人、また一人と去っていく遊び友達の後ろ姿をぼんやりと目で追った。

気を取り直したかのように平太はチャンバラに使っていた棒切《ぼうき》れを、天に向かって放《ほう》り投げた。棒切《ぼうき》れは空に大きく弧《こ》を描いて落ちていった。それを見とどけると平太は一目散《いちもくさん》に駆《か》け出した。

なにごとを思い出したのか、急に立ち止まった平太は西の空を見た。

「おとう！」

夕焼けで赤く染まった西の空を見ると、いままでの元気はどこへやら、消え入るような小さな声で、平太は父親を呼んだ。

父親の田助《たすけ》は平太が数えの五歳の時、流行病《はやりやまい》であっけなくこの世を去ったのであった。

(赤や橙色《だいだい》が空いっぱいに広がっていて、おとうはまるで影絵《かげえ》のようだったよなあ)

平太の思い出す父親は、夕焼けの中で木刀《ぼくとう》を振《ふ》っている姿しかなかった。

当時の武州多摩郡《ぶしゅうたまぐん》は、江戸から近く、天領《てんりょう》であったせいか剣術《けんじゅつ》の盛んな所であった。平太の生まれた府中《ふちゅう》村にも幾《いく》つか道場《どうじょう》があった。

負けん気の強い平太は友達とよく喧嘩《けんか》をした。その度に母親のヨシを困らせた。母一人子一人の生活は、野菜の切れっぱしの浮《う》いた味噌汁《みそしる》と漬物《つけもの》だけの毎日であった。それも食べられればよかった。そんな貧《まず》しい生活ではあったが、平太は身の不幸を思うことはなかった。それは喧嘩《けんか》をしても、またどんなに遊び疲《つか》れても、たとえ悪戯《いたずら》が過ぎて夕飯抜きの折檻《せっかん》をされても、おっかあのいる家は平太にとって唯一《ゆいいつ》の心安らぐねぐらであった。

ところがそんな平太の平穏《へいおん》な生活は、母ヨシの死によって破《やぶ》られた。父親の田助の死んだ四年後、ヨシが田助の後を追うように二十八歳の若さで死んだのである。過労《かろう》が重なってのことであった。

数え九歳になったばかりの平太にはこれから先どうなるのか、考えることも想像《そうぞう》することもできなかった。

野辺《のべ》の送りを終えた夜、部屋に集まった親戚《しんせき》のおじんやおばんは、平太の知らない顔ばかりであった。大人たちはひそひそと話をしながら、ちら、ちらと平太を見る。薄暗《うすぐら》さの中からのぞき見るおじんやおばんの顔と出くわすたびに、平太はブルブルと震《ふる》えた。

（おっかあ！　助けてー。おっかあ助けてくれー）大人たちの冷たい表情にいたたまれなくなった平太は夜具《やぐ》に潜《もぐ》りこんだ。ああだこうだと、いつまでも話は終わらない。

話の一部始終は、布団《ふとん》の中の平太に聞こえてくる。話題は孤児《こじ》になった平太の身の寄《よ》せ先なのである。平太はずるずると布団に潜った。

心細くて悲しい気持ちが、頭の中いっぱいにわーっと押《お》し寄せてきた。

「おれが引き取るしかなかんべ」

しばらくして、恐《おそ》る恐《おそ》る布団から顔を出した平太の耳に入ってきたのは、善《ぜん》助《すけ》の声であった。

善助は田助のただ一人の弟で、次男であったため分家して、連れ合いのトキと日野村《ひのむら》に所帯《しょたい》をもっている。

三日後、家の始末《しまつ》を終えた善助に連れられて住み慣《な》れた家を出た。振《ふ》り返るとおっかあの籠《かご》と鍬《くわ》がいつものように土間の入り口に立てかけてある。

（おっかあは畑にいるんだ！）平太はそう思えてならなかった。

これからは、叔父《おじ》夫婦の住む日野村で暮らすことになる。（いやだ！）心の内でいくら叫《さけ》んでも、平太は善助の言いなりになるしかなかった。

平太は住み慣《な》れた府中村を去った。

「あっ！　お日さんが沈む！」

心細い平太は、西の空をいっぱいに染《そ》めている夕焼けを見て思わず叫んだ。

（おとうがいる！　おとうがいる！　夕焼けの下にはおとうがいる！）

平太はほんの少し、明るい気持ちになった。


「平太、お前よう、わしの家に来たらよう、惜《お》しまず働けやなあ……」

歩きながら善助は繰《く》り返し平太に言って聞かせた。無断《むだん》で平太を引き取った
ことを善助は悔《く》いた。トキのしかめっ面を思い浮《うか》べ、善助の足は重かった。

善助の話を聞いたトキは、

「お前さんは人よしだから、巧《うま》いことみんなに押しつけられたのさ」

と言ってぷいと顔をそらせた。

「突《つ》っ立ってないで頭を下げろ！」

あわてて善助は平太の頭に手を置《お》いてぐいぐい押さえ付けた。

平太は朝早く小川から水を汲《く》んだり、畑を耕《たがや》したり大根や芋《いも》を運んだりと夕方遅くまでよく働いた。「おばんに嫌《きら》われるなよ」と言った善助の言葉を忘れることはなかった。

夜業《よなべ》の藁打《わらうち》や縄《なわ》ないも小さな手が赤くなるほど手伝った。

平太にはどうしても我慢《がまん》のできないことがあった。

「いくら食っても、腹いっぱいになんねえよなあ」

(なんでもいいから、腹いっぱい食いてえー)

とうとう平太は空《す》きっ腹《ぱら》に我慢ができなくなり、畑の芋や瓜《うり》を盗《ぬす》んでは、空きっ腹を充《み》たした。

最初のころは申し分けなさそうに一つ、二つと瓜や大根を盗んでは、納屋《なや》の隅でひっそりと食べていたが、だんだんと大胆《だいたん》になり、やがて食べ頃のすいかを、それも二つ三つと盗《と》るようになった。

畑荒らしの犯人《はんにん》が平太と知れると、村人は善助夫婦に文句《もんく》を言った。その度に平太は善助にひどく叱られ、もうやらないと約束《やくそく》させられた。何度かの約束の後、すいか畑荒らしで捕《つか》まったとき、

「なんど言っても性懲《しょうこり》がねえ。もう村の衆《しゅう》に合わす顔がねえ」

怒《おこ》った善助は平太を後手に縛《しば》り、納屋に放りこんでしまった。

(腹がへってどうしょうもねえ。腹がへってどうしょうもねえ……)

どのように叱られても、育ち盛りの平太の空きっ腹を我慢させる力にはならなかった。

だんだんと折檻《せっかん》もひどくなったが、トキの目を盗んで家の食物を盗むよりましだと、平太は作物荒らしをやめなかった。

いつの頃からか村人は平太を「盗人豆平《ぬすっと》」と呼ぶようになった。

「豆平」と呼ばれるには訳《わけ》があった。平太の鼻の右脇《わき》にあずき粒ほどの大きさの、黒いほくろがもっこりと盛り上がって付いていた。よく観《み》ると、ほくろは

はしっこい平太の目と一つになって、鼻の脇に居座《いすわ》り、初めて平太と顔を合わせる誰《だれ》もが、一番先に目につくほどであった。

「おーい豆平。豆太。黒豆」と、村の人たちも遊び友達も、その時の気分でいろいろと呼びかける。それに合わせて平太も「へーイ」とか「なんだよう」と、明るく応答《おうとう》した。

ほくろは平太の呼び名の役をしているのである。

やがて叔父の善助も、叔母のトキも平太を見向きもしなくなっていった。どんなに折檻されても平太は我慢ができた。けれど叔母《おば》のトキから、「お前の『ほくろ』はきびが悪い。一生人さまに迷惑《めいわく》をかけ続ける人相《にんそう》だよ。と んだ者を背負いこんだものよ」と言われると、どうしたらいいのかわからなくなるほど、平太の気持ちは滅入《めい》った。

（ほくろのこと、府中村にいた頃、誰もきびが悪いとは言わなかった……）

（死んだおっかあはいつも『お前のほくろはいいほくろよ。大事にせえやあ』と

言ってたんだ）

ある日、

「お前の悪さが治《なお》んねえのは、おとうが死んだ後、お前のおっかあが盗人をして暮らしていたからだよ。盗人の倅《せがれ》だもんなあ、盗人は治んねえはずよ」

トキのこの言葉を聞くや、平太は歯を食いしばり、すっくと立ち上がると土間に立て掛けてあった天びん棒でトキを思いっきりなぐった。不意《ふい》をつかれたトキは土間に転がり落ちた。

（おっかあは盗人なんかじゃねえ！　盗人なんかじゃねえ！）

土間に落ちたトキを、平太はこれでもか、これでもかとなぐり続けた。それでも平太の怒りは収《おさ》まらなかった。


平太は逃《に》げた。一目散に逃げた。

「もうあの家には帰れねえ……。金輪際《こんりんざい》帰るもんか」

平太は着のみ着のまま、善助の家から逃げ出した。
平太十一歳の初春であった。

平太は追っ手から逃げているかのように、小走りに歩き続けた。田圃《たんぼ》や畑は薄茶《うすちゃ》けた色に覆《おお》われ、初春の冷たい風が、ほてった平太のほほを撫《な》ぜながら流れていく。ふと気がつくと、平太は幼い頃住んでいた府中村に向かって歩いていた。

農家の見える小さな村にようやくたどりついた平太は、空きっ腹に我慢ができなくなりここでも悪さをした。三月に入って間もない季節では、畑に作物はなにもない。平太は鶏《とり》小屋の卵をねらった。初めのころは二個、三個と遠慮《えんりょ》がちに盗んでいたが、ある日いらいらをかなぐり捨てるかのように、「これでもか！　これでもか！」と残りの卵が全部無《な》くなるまで板戸や戸にたたきつけた。

やがて、それだけでは収まらなくなった平太は、「エーイ！　エーイ！」とばかりに鶏小屋の戸を開け放った。羽を広げ爪先立って一目散《いちもくさん》に逃げていく鶏を見て、平太は胸のもやもやがふっきれ、フーッと息を吐いた。

「犯人をとっつかまえて仕置きをしてやる」ここ二、三日、毎晩のように鶏小屋は荒らされるわ、鶏は逃げ出すわで、村人は見回りを始めた。そんなある朝、目をしょぼしょぼさせながら暗い鶏小屋から出てきた平太は、待ち構《まかま》えていた村人に見つかってしまった。手に手に棒をもった村人は平太を追っ掛けまわした。

追い詰められた平太はもう逃げられないと観念《かんねん》した。

「おいわっぱ！　八つ裂《ざ》きにしてやろうか」

「なんでこんな悪さをする」

村人は、てんでに平太の頭や背中を棒で突いたりなぐったりした。

「こらしめにこの欅《けやき》の木の根元にくくり付けてやろう」

平太は街道筋の大欅《おおけやき》の木の根方に、ぐるぐるとくくり付けられてしまった。

「ご奇特《きとく》な方が助けてくれるまで待つんだな」

「それもよ、山犬に見つからなかったらのことよ」

「今度やったら、こんなことじゃすまされないぞ」

口々に言い立てると、やがて村人は引き上げていった。

二　出会い

「やーい縄《なわ》をほどけ！」

「腹がへった。食うもの持ってこーい！」

平太は力いっぱい叫んだ。しまいには涙声になって人を呼んだが、だれも助けようとはしない。縄を解《と》きたいと、平太はもがいた。もがけばもがくほど、縄は両腕に食いこんでくる。さすがの平太も手のほどこしようがない。

「あーあ……」

平太は空を見上げた。一枚の葉もつけていない三月の欅《けやき》の木は、天空に向かって両手を広げたように伸び、枝の隙間《すきま》から、どんよりと曇《くも》った空がのぞいている。

欅の木のあちこちに、模様《もよう》のように止まっている数羽のカラスが、まるで嘲《あざ》笑《わら》っているかのように交互《こうご》に鳴く。

平太は無性《むしょう》に腹がたった。

「おれはへたばらねえぞー！　お前なんぞにつつかれてたまるか！」

平太は、カラスに向かって怒鳴《どな》り返した。

春とはいえ三月の夜気は冷え、日の暮れるのも早い。むこうから、人の近づく気配《けはい》がした。陣笠《じんがさ》をかぶっている。

「た、助けて！」

平太は喉も裂《さ》けんばかりに叫んだ。しかし侍らしい数人の、だれもが声のほうをちらっと見ただけで、足早に通り過ぎて行ってしまった。

ここは甲州《こうしゅう》（山梨県）から江戸（東京）に通ずる青梅街道《おうめかいどう》の脇道《わきみち》で、甲州街《かい》道《どう》の裏街道のため、わりと人通りがある。そのうえ二月の街道の両側は枯草《かれくさ》で、平太の括り付けられている様《さま》は通りすがりの者にはよく見える。

振《ふ》り分け荷物を肩に二人の男が平太を見つけ小走りにやってきた。平太が「助かった」と思った瞬間《しゅんかん》、男たちは枯草で平太の鼻先をくすぐると、「じゃあな」と言って行ってしまった。平太は泣き声で「ばかやろう！」と怒鳴《どな》った。

続いて振り分け荷物を担《かつ》いだ男が一人、また一人やってきたが、二人ともちらりと欅の根方を見ただけで、（面倒《めんどう》なことにはかかわりたくねえ）と思ったのか、知らん顔ですたすたと通り過ぎて行ってしまった。

人が通るたびに平太は助けを求めた。誰もが目を向けるだけで、二間（約四メートル）ほど奥まった欅の木に近づいてはくれない。

迫ってくる闇《やみ》と冷えにさすがの平太も焦《あせ》ってきた。その時また人がやってくる気配がした。（あっ、お侍だ！）平太はこれが最後と「助けてくれ！」と泣きながら叫び続けた。

「なんだ！　こわっぱか！」と一人の侍《さむらい》が応《こた》えてくれた。

「お願いです。助けてくだせえ！」

無鉄砲《むてっぽう》な平太も、さすがに（この機会を逃したら……）と思ったのか、足をばたばたさせながら助けを求めた。

「なんぞ悪さでもしたのか。おい、縄を解《と》いてやれ」

頭《かしら》だったいかつい顔の侍が言った。

一人の若い侍が駆《か》け寄って平太の縄を解いた。平太は後ろ手に縛られていた両手をごしごしと擦《さす》った。

「腹もへっておろう。なんぞ食い物をやれ！」

平太は安心と寒さで、歯をがちがちと鳴らしながら侍に頭を下げ続けた。

平太を助けてくれた侍は髪を後ろに束《たば》ね、羽織《はおり》を着ていた。羽織の袖口《そでぐち》には平太の見たことのない模様《もよう》が夕闇に白く浮き出ていた。頭を下げ続ける平太の目の前には草履《ぞうり》がある。その草履の緒も白色であることが、暮色の中ではっきりと見えた。

(偉《えら》い侍に違いねえ)

「おいわっぱ。ワッハッハッ。鼻っぱしらの強そうな面《つら》がまえをしとる。それにお前はいいほくろをもっている。

いいかげんに、悪さをやめろ。男なら踏《ふ》ん張《ば》って立つんだ! そしたら、そのほくろが光ってくるぞ!」

言い捨《す》てると、「ワッハッハッ」と再び大声で笑い、侍は江戸の方角へ。やがて見えなくなった。

思いがけない出会いに平太はぼんやりと侍たちの後ろ姿に見入っていたが、手にしたむすびに気がつくと、がつがつとむさぼり食べた。やがて平太は今日一日の興奮《こうふん》と空腹が満たされた満足で、急に睡魔《すいま》におそわれ藁《わら》ぼっちに潜りこんで、いつの間にか寝入ってしまった。

三　平太　江戸へ

（おれには帰る所がねえ）

昨夜よく眠ったせいか今朝の平太は、これからの生活について考えるゆとりがあった。

（おれ、あのお侍の家来《けらい》になりてえ。おれのほくろをほめてくれたのは、死んだおっかあとあのお侍だけだ……）

平太は喉の奥から人恋しい気持ちが突き上げてきた。そして昨日、暮色に消えていった侍の後ろ姿と、夕焼けの中に浮かぶ木刀を振っている父親の姿とが重なった。

平太は空を見上げた。おっかあの丸っこい髷《まげ》に似た、白い雲がぽっかりと青空に浮いていた。

「あっ！　おっかあだ！　おっかあが笑った。『それがええ』『それがええ』と言っている」

（おとう……。おとうは侍の家来になりたかったんか？）

平太はいままでに宿《やど》ったことのない恋しさを、田助に感じた。


平太が生まれた府中村や、世話になっていた叔父の住む日野村の道場には、牛《うし》込町《ごめちょう》（新宿）の試衛館《しえいかん》から腕のたつ剣士《けんし》が、月に何度となく出稽古《でげいこ》に来ていた。試衛館の流派は天然理心流《てんねんりしんりゅう》で、流派の主は近藤勇《こんどういさみ》だった。

近藤の命《めい》をうけた剣士たちは、出稽古先に二、三日逗留《とうりゅう》しては村人に稽古をつけていた。府中村や日野村の農民はこぞって剣術に励《はげ》み、暇《ひま》があると道場へ出かけた。それは自衛《じえい》や村を守るためでもあったが、今一つに〝いざ〟という時に手柄《てがら》をたて、いつかは士分になりたいと思ってのことであった。それは足利《あしかが》や武田《たけだ》の残党《ざんとう》の末裔《まつえい》と自負《じふ》している多摩の農民にとって当然のことであったのかもしれない。

そのような土地柄に生まれ育った平太にとって、剣術は身近な存在だった。

(おとう！　俺《おれ》小さいとき道場から帰ってくる人に「剣の筋がいい」って言われたことがあるんだぜ。茂太とチャンバラをしていたときだよ)

平太は顔も覚えていない父親に、また話し掛けていた。

平太にとって日野の善助の家に引き取られてからの唯一の張り合いは、日野にも道場があることだった。平太は暇があると天然理心流の道場をのぞき、胸をおどらせていた。そして(いつかは俺も……)と思っていた。

そんなある日、急に周りが騒がしくなり道場の村人たちがざわめいた。

「戦さが始まるんだ！」誰かが言った。

(おとう！　俺はすぐにわかったぜ。侍だけでのうて、村の奴《やつ》らも、手柄をたてる機会とばかり兵士を志願《しがん》したんだ。俺も志願の仲間に加わったんだけんど年が若くて相手にしてくれなかった。

『だめなら勝手に行くさ』そう決めたんだよ。そんなときだよ、トキばばあをなぐり倒して、日野に居《お》れなくなったのは)

あれこれと思いめぐらした平太は、田助とヨシから侍になる許しをもらった気になった。

(あの人の家来になる！　そして侍になるんだ)と決心した。

急に平太は藁《わら》をあちこちから引き抜き草鞋《わらじ》を作る用意をはじめた。作りやすくするため石で藁をたたいた。そして芯《しん》をつくった。

善助の家で夜業《よなべ》の手伝いを毎晩のようにしていた平太は、草鞋の作り方はよく知っている。

(踏ん張らねえと、ほくろは光ってこねえからなあ)(盗人はいけねえんだ)

平太は出来上がった草鞋を三足、四足と腰にぶら下げた。

（ところであのお侍は……。いったいどこへ行くんだろう。こっちの方角は江戸だぜ）

思いがけない出会いによって、心の中に死んだ両親同様に居座った謎《なぞ》の侍のあとを、平太は追った。

平太は街道の裏道を、内藤新宿《ないとうしんじゅく》に向かって一気に歩きはじめた。平太の腰には朝がた作った四足の草鞋が右や左にゆれた。

この先なにが起こるのか、まったく予測のできない旅だったが、若い平太には不安はなかった。

（江戸であのお侍の家来になるんだ）という夢が心を占領《せんりょう》していた。

（俺は侍になるんだ。だからもう盗人はやらないぞ）

（それにしても我慢ができん）

若い平太は目の眩《くら》むほどの空きっ腹には弱りきっていた。

（俺は侍になるんだ。盗人だけはやってはいけない。あのお侍にはすぐわかってしまう。俺のほくろを見れば俺が何をしていたかわかるんだ……）

（そうは言ってもなあ……）

（この空きっ腹どうにもなんねえ）

平太は「腹へった。腹へった」と腹を叩きながら歩いて行った。

遠くを見ると枯《か》れすすきの中に、一軒の茶店が見えた。

（しめた！）と思った平太は、道に座り込み草の上に腰からはずした草鞋を並べた。

「旅の人、どうかね一足。茶店より安いぜ」

「しっかり作ってあるよ。力を入れてよう」

平太は懸命に声をかけた。昼までに四足の草鞋はすべて売れた。

生まれて初めて自分の力で金を手にした平太は、自信と勇気がわいてきた。急に足が軽くなって茶店に入り、だんごを二皿ぺろりと平らげた。

「あー旨《うま》かった。こんな旨いだんごは初めてよ」

平太は急に茶わんを鷲《わし》づかみにして、ごくりと一気に茶を飲みほした。なんだか急に大人になったような気がした。

「戦さ、終わったらしい」

「戦さに行った村の者は逃げ帰ったそうだ」

「ひと働きしようたって、そううまい具合にゃいかねえもんよ」

「どことどこが戦さをしたんだい」

「なんでも将軍《しょうぐん》さまを倒そうとしているらしい」

「それはどこなんじゃ」

「長州《ちょうしゅう》や薩摩《さつま》の軍隊ちゅうことだ」

「じゃあ逃げ帰ってきた村の連中はどこで戦ってきたんじゃ」

（おれは知ってる『村の連中』てえのは日野の者だよ。おれだって戦さに行きたかったんだよ）平太が口を挟《はさ》もうとしたとき、

「その戦さなら知ってるよ。甲州（山梨県）の勝沼《かつぬま》だよ。あそこで戦さがあったよ。わしらはそこを通って来たんだから間違いねえ。戦さっていってもな、まるで大人と子どもの喧嘩よ。片方は大砲の使い方もわからねえらしく戦う前に逃げ出していっちまったさ」

（大砲ってなんだ。でもよ、そうだとするとあの日江戸に向かったあの侍たちは、戦さに敗《ま》けたんだろうか。それとも勝ったんだろうか）

「京がおかしいとは聞いていたが、戦さは勝沼まで来ているのかい！」

「そうさな。すぐそこまで来ているってことよ」

「なんでも江戸の将軍さまと、天朝さまとが戦っているらしい」

「近く江戸でも戦さがあるらしいぜ」

「ひでえ目に遭《あ》うのはいっつもおいらだよなあー。たまったもんじゃねえ」

（そうかー。だからあのお侍も江戸へ行くんだ。俺もはやく追いつかなくっちゃ）

平太はあわてて立ち上がった。

日野の善助の家を飛び出して五日目のことであった。

江戸への旅を、平太は行く先々で働きながら、暮色に消えた侍の姿を求めて歩いた。

重そうに足を運ぶ平太の袷《あわせ》の着物は汚《よご》れ、埃《ほこり》にまみれた二本の足は杭のようにニュッと伸びている。おまけに埃だらけの髪の毛はぐしゃぐしゃで、埃で汚れた平太の顔を見て、犬が吠《ほ》えたてた。自慢のほくろも埃をかぶって薄ぼんやりとしている。

そんなある日、珍しく賑《にぎ》わう所に着いた。人の流れについていくと目の前に小山のような丘が見える。

そこは江戸の郊外で、桜で有名な飛鳥山《あすかやま》だった。板橋宿《いたばしじゅく》にも近い。あちこちの桜の木の下は酒盛りで、着飾った女や子どもの中で酔《よ》っ払《ぱら》った男が大騒ぎをしている。

「すげえーなあ。てえへんな人だ。だけんどお侍らしい人はいねえ」

花見の人々の間を、平太は侍の姿を求めて歩きまわった。

(たしかにここは江戸だけんど、江戸は広えなあ。ここから先どっちへ行けばいいのか)

(あのお侍はどっちに行ったんだ)

どっちの方向に行けばお侍に追いつけるのか、行き先は皆目《かいもく》見当がつかない。

花見客を離れ平太は飛鳥山の下の通りに出た。

「この道、どこへ行くんだ」

平太は通りすがりの女に聞いた。

「西新井《にしあらい》のお大師様《だいしさま》だよ」

「そこはうんと遠いんかい?」

「たいしたことはないよ。道なりに行けば夕方までには着くさ」

（なんだかようわからんが、『困ったときは神様や仏様にお願いしろ』って、死んだおっかあがよう言うとったなあ。お大師様にでも詣って、これから俺がどっちへ行けばいいか教えてもらうか）

霊験《れいげん》あらたかと信仰されている西新井大師への道の道標は、わかりやすくその日の夕方には大師に着いた。一日の賑《にぎ》わいが終わり、参詣《さんけい》者の帰った大師はひんやりと静まりかえっていた。

（大師様だって夜は面倒《めんどう》に違えねえ。俺の願いを聞いてもらうのは明日だ。今夜はここで泊まらせてもらうよ）

本堂の縁の下に潜《もぐ》り込んだ平太は久しぶりにぐっすりと深い眠りに入った。

昼近く、人々のざわめきで平太は目をさました。

「川向こうの村になんでも侍が大勢やってきたらしいぜ」

「そうらしいなあ。悪いことでも起こらにゃいいが。世の中ぶっそうになったでなあ」

平太はどきりとした。

（なんだって！　侍！　侍だったら違えねえ。あのお侍だ。間違いねえ）

「そこの人！　その、その、侍が来たっていう村はどこでえ。どう行けばいいんでえ」

「ここから一里（約四キロメートル）ほど東にいくと川があるで。その川向こうの村よ」

聞くやいなや平太は駆け出した。

「川は大きいのと小さいのとあるからよ。綾瀬川《あやせがわ》ちゅう川だよ。綾瀬川の土手下の村だぞー。五兵衛新田《ごへえしんでん》っつう村だぞー」

声が平太の背中を追っ掛けてきた。

（綾瀬川。五兵衛新田。とにかく綾瀬川だ）

平太は朝から何も食べていないことも忘れ、綾瀬川を目指《めざ》して走りに走った。

西新井大師の付近には店や民家もあったが、そこを過ぎると広々とした田圃《でんぼ》や畑が続く。田圃の中に数本の木が並んで立っている。根元には脱穀《だっこく》を終えた藁束《わらたば》が重なりあうように積み上げられていた。

(草鞋作りどころじゃねえ。あのお侍に会わなければ……)

平太はいかつい顔、広い肩幅、そして白い緒の草履《ぞうり》を履《は》いた侍の姿を思い出していた。

目の前に綾瀬川の土手が現れた。草の枯れた土手は、見渡すばかりに長く、ところどころに緑の草が根を張っている。それは苔《こけ》の生えた、茶色の大きな蛇《へび》が横たわっているように平太には思えた。

四　再会

「わぁー。いいところだなぁー」

土手に立った平太の目の前に五兵衛新田が広がっている。畑や稲刈りを終えた田圃の中にぽつんぽつんと、緑の葉をつけた木々と、農家が点在している。土手から見下ろす平太には、すべてが止まっているようで、穏《おだ》やかでのどかな村に見えた。

「よそもんは来ちゃいかん」

だが橋を渡り五兵衛新田に入った平太が何を聞いても、村人は相手にしてくれない。

「いい所だと思ったのになぁ」

村人のよそよそしさから、平太は（何かある？）と思った。

綾瀬川から少し入った所に堀に囲まれ、たくさんの立ち木のある屋敷が見えた。大きな長屋門《ながやもん》がある。

（でっけえ家だ。こりゃあ名主《なぬし》の家に違えねえ）

屋敷の周りを一巡りすると堀の一角に洗い場となっているらしい所があり、そこで若い女が夢中で野菜を洗っていた。

「なあ。ここはたいそうな金持ちの家のようじゃが、お前はここの者か」

女は平太を見ると、あわてて逃げだした。

「俺は悪い者じゃねえ。ちょっと教えてほしいことがあるんじゃ」

塀の戸口まで逃げた女は把手《とって》に手を掛けると、おそるおそる後ろを振り向いた。

「この村に侍が来ているって聞いたがほんとうか」

女は小さくうなずいた。平太と同じ年ごろのまだ幼顔《おさながお》の残る女であった。

（やっぱり何かある。ここは名主の家かもしれん）

「侍はこの家にいるんか？」

「偉い侍もいるんか？」

平太は矢継ぎ早《やつぎばや》に女に尋ねた。

「そんなことはおれにゃあわかんねえ」

「大勢いるんか？」

「ああ大勢いるだ」

「大勢っていってもどれくらい大勢だ」

「なんでも百人より多いらしい。朝晩の飯の用意だけでもてえへんだよ」

「トシー、トシー」

中から女を呼ぶ声がした。女は塀の内へあわてて入ろうと振り向いた。

「頼む！　俺は殿様を探しておる。お前の困るようなことはせん。約束をする。だから塀の中に入れてくれ！　頼む！」

平太は力ずくで女を押し退《の》けた。トシは両手をひろげて、必死で平太の前に立ちふさがった。平太はトシの体を突き倒して、無理やり屋敷に入り込もうとした。

「困るよ。見つかったらおれ、叱られる！」

トシは必死で平太を押し返した。

「お前が困るようなことはせん。約束する」

押し合っているうち、隙をみて平太はするりと屋敷内に滑り込んだ。

「お前が困るようなことは俺はせん。俺は侍になるんだから、女が困るようなことはせん」

平太は植込《うえこ》みに体を隠《かく》しながら二歩、三歩と庭の中に入っていった。

(ありがてー。これであのお侍を探しだせる。俺の殿様のあのお侍はここにきっといるよ。きっといるよ。なあーおとう……)

不安を打ち消すかのように、平太はおとうに呼びかけた。

薄暗くなると平太は庭の植込みを伝って奥深く歩いた。そーっと庭を見回すと薄闇の中に侍らしい人が見える。侍は寄り合ってひそひそと話し合っていたが、やがて数人が川のほうへ行った。と思ったら、しばらくして倍近くの人数になって戻ってきた。

ところが後から来た侍の中に平太の探し求めているあの侍がいるではないか。

（し、信じられねえ。あの大きい体にあの歩き方。間違いはねえ）

平太には侍の着ている羽織《はおり》の袖口《そでぐち》の白い模様と、草履の白い鼻緒《はなお》が、闇にはっきりと見えた。信じられないことだった。

（殿様はいま江戸に着いたんだろうか？　それにしても運がよかった。本当に運がよかった）

平太は詳《くわ》しい様子が知りたいと、近くのつつじの陰に隠れた。

「わしは内藤隼人《ないとうはやと》だ。今夜から厄介《やっかい》になる。この方は隊長の大久保大和《おおくぼやまと》様じゃ。何分よろしく頼む」

内藤隼人と名乗った男は、出迎えた名主見習《なぬしみなら》い健十郎へ挨拶《あいさつ》をした。

（大久保大和！　あ、あのお侍は大久保大和様という名前なんだ）

（おとうが導いてくれた）としか思えないような出会いに、平太は自分の立場も忘れ大久保の前に飛び出してしまった。

「すわ一大事」と構える侍。緊張《きんちょう》の一瞬、相手が若造《わかぞう》一人とわかると、平太は一人の侍に組み伏せられてしまった。

「なんだ。あの時のこわっぱじゃないか。どうしたこんな所で」

大久保は平太のほくろを覚えていた。

「殿様、俺を家来にしてくだせえ。俺を家来にしてくだせえ」

平太は頭を打振りながら大きな声で大久保に訴えた。

黙って平太を見ていた大久保は、

「おい誰かー、こやつをしばらくここにおいてやれ。腹をすかしているんだ」

そう言いつけると部屋に入ってしまった。

庭にとり残された平太は、暗い庭の植込みの間をむちゃくちゃに走り回った。そうしなければ収まらないほど、大久保と再会したことが嬉しかった。

大久保大和一団の集合場所となっているこの壮大《そうだい》な家は、南足立郡五兵衛新田の名主、金子左内家《かねこさないけ》であった。

大久保のお墨《すみ》つきをもらった平太は、翌日から風呂《ふろ》の水汲《く》みや風呂わかし、隊士の汚れ物の洗濯《せんたく》と、くるくるとよく働いた。暇《ひま》があると台所に顔を出し、トシの仕事を手伝う。そんな平太にトシは隠れて握り飯や菜の残りを渡した。

平太にとって母親と死に別れて以来の、心休まる毎日であった。それは腹が満たされているからということではなく、

（おれは侍になるんだ）という、はっきりとした夢をもったからであった。

日中、隊士たちは庭で竹刀《しない》の素振《すぶ》りや試合をする。「ドオー」「メーン」と竹刀の打ち合う音が聞こえると、名主の家の使用人は庭の衝立《ついたて》や茂みの間からその様子を物珍《ものめずら》しそうに見ている。（俺もやりてえー）平太はいらいらしながら見るしかなかった。そして（今に見ておれ！）と気持ちを鎮《しず》めた。そんなある日、

「おい小僧ここへ来い。おまえ剣術が好きなようじゃのう。これでかかってこ

い！」

と一人の侍が竹刀を投げ渡した。平太はあわてて竹刀を手にすると、「えい」と声を掛け闇雲《やみくも》に向かっていった。

パン、パンと、打ち込み棒に打ち込む音が爽やかに響いた。

「お前、鍛《きた》え甲斐《がい》がありそうだな。これから稽古《けいこ》をつけてやろう」

平太は着物の袖《そで》で、流れる汗を二度三度と拭った。何とも言えない満足感が平太の全身を流れた。

「舟を一艚《そう》用意してほしい」

「舟を夕方までに一艚、岸に繋《つな》いでおくように余市に言っとくれ」

侍の声に続いて取締まりらしい家人の声がした。

（何事だろう、こんな夜更《ふ》けに……）

不審に思った平太は綾瀬川の土手に行った。名主の家の裏木戸から出た二、三人の人影が黒い固まりになって急ぎ足で近づいてくる。平太は土手に俯《うつぶせ》になってそーっと様子を見た。やがて一団は身軽に舟に飛び乗るとすぐに岸を離れ、やがて闇の中に消えた。

闇の中からギイ、ギイ、ギイと櫓《ろ》の音だけが静寂《せいじゃく》を破った。

「こんな時分どこへ行くんだろう？」

翌日も舟は用意され同じように、綾瀬川を下った。

（だれにも知られたくないことなんだ）と思ったが、平太にはそれ以上のことは何もわからなかった。

日を重ねるほどに隊士の数はどんどん増えていく。平太でさえ、名主の家や庭で見かける人が急に多くなったと思うほどであった。

そんな有様《ありさま》はすぐに村人の耳にも入った。そして噂《うわさ》は村人の間で広まっていった。

「なんでも名主様の家には入りきれんようになったらしい」

「何がどうなってるんだ。『一晩泊めてくれ』っていうことじゃなかったんだか」

「おおそれよ。なんでもな、最初は名主様の縁者から頼まれたってことよ。でもよ、その時はほんの一晩てえ話だったそうな。それもな、十四、五人てえことだったそうな。夜更《よふ》けのことでもあり、それで名主様のとこでは仕方なく泊めたらしい」

「そうらしいなあ。ところが門いっぱい、ふさがるような数だったってよ」

「名主さんの家じゃあたまげたろうなあ」

「親戚《しんせき》の頼みじゃ、名主様も断われねえよなあ」

「でもよ、旅の者をむやみに泊めてはいけねえってお触《ふ》れが出ているだろう。名主様でえじょうぶかや」

思い出したように、誰かが調子はずれのかん高い声で言った。

「なんでも年寄《としより》の源右衛門さんが代官所に届けたって話だぜ」

「そいでそん時何人くらい来たんじゃ」

村人のひそひそ話に平太は口をはさんだ。村人はチラッと平太を見て、

「それがよ、下働きの源蔵の話じゃ、四十人もの数だったそうな」

「ひえーっ。一時《いっとき》に四十人？」

「そんなもんじゃねえ。いまじゃ百人は優に超えているらしい」

平太は広い庭を埋め尽くすかのようにうごめいている、黒い影の侍を思った。

それからも二人、三人と毎日のように侍は集まって来る。そのうち十五人、十九人と塊《かたまり》になって集まるようになった。名主の家では収まらなくなり、隊士は近くの寺や新宅《しんたく》（分家）に分かれて住み込むようになっていた。

「侍はいつまでいるんだろう」

「侍を集めてよ。ここで何をやらかすんだか……」

「賄《まかな》いの伍一の話じゃあ、奴らは何かを待っているらしい」

「何かってなんだ」

「俺にわかるはずはなかろうよ。なんでも夜更けによ、舟でどこかへ行くのを

見たって下働きの嘉蔵が言っとった」

「部屋に入って、いつまでも談合していることもあるらしい」

「悪いことが起きなきゃあいいが」

静かな農村に急に起こった騒ぎに、村人はあれやこれやと噂《うわさ》し、心配した。そして、

「賄いがてぇへんなんだそうだぜ」

そんな話になると村人は、狭い家に住んでいることにほっと安堵《あんど》のため息をついた。

(こりゃあ、戦さになるかもしれねえ。いやあ絶対に戦さになる。そうしたら俺は絶対に手柄をたててやるぞ!)

(殿様にほめてもらうんだ!)

村人の話を聞いて平太は勇《いさ》み立った。

五　目指せ――光るほくろを

屋敷の庭の築山には風よけの大木がまわりを囲み、枝振りのよい木々の間を縫《ぬ》うように丸く刈り込まれたつつじが、もっこりとあちこちに植わっている。

三月も半ばを過ぎつつじが新芽をつけはじめたある日、平太が庭掃きをしていると庭下駄の音をさせながら、大久保が庭に下りてきた。築山の前に立った大久保は、つつじの小さな芽に気付いたらしく、つかつかと進みつつじの木に手を差し伸べた。

そして腕組みをして空を仰《あお》いだ。

(殿様、何を考えているんだろう?)

平太はしばらく大久保の後ろ姿に見入っていたが、急に駆け出し大久保の足元に平伏《ひれふ》した。

「殿様！」

平太は額《ひたい》を地につけたまま大久保に声をかけた。

「おう小僧。まだここにいたのか」

一文字に結んだ大久保のくちびるの、わずかなほころびを見た平太は、

「殿様！　俺を家来にしてくだせえ」

そう言うやいなや、また頭を深く下げた。

大久保は何も言わず、腕組みをして足下の平太を見た。沈黙に耐えられず顔を上げた平太と目が合った大久保は、

「吹き荒れる嵐に向かって、立つことがお前にはできるか？」

「え？」

何を問われているのか平太にはわからない。

「生半可《なまはんか》じゃわしの家来にはなれぬ。わしはいま嵐の真っ只中《まただなか》にいる。いや、向

かってくる嵐を迎え撃《う》とうとしている」

大久保は自分に言い聞かせるかのように平太から目をそらし、遠くを見つめた。そして、

「迎え撃とうとな……」

と力を込めてつぶやいた。

「嵐に向かって立つ。これこそ男だ。男には命を投げ出してでも、果《はた》さなければならぬものがある。わかるか。ところでお前の名は何という」

「へい、平太と言いやす。小さいころは豆平と言われておりやした」

「ハッハッハッハッ……豆平か。いい名だ。これ豆平、お前が男になれたら、そのほくろはぴかぴかと光ってくるぞ。そしたら家来にしてやろう。精進《しょうじん》せい」

そう言うと大久保は、ずっか、ずっか、ずっかと砂利《じゃり》の音を立てながら、敷石《しきいし》のほうに歩いて行った。

ぴしっと障子《しょうじ》を閉める音がした。

平太は下働きの安どんに言われて薬を取りに行った。名倉という医者の家は綾瀬川を渡ってしばらく行った所にある。

今日から四月。土手はまだ白っぽく、枯れ葉に覆われている。けれどよく見ると根元に緑色の草がぎっしりと芽を出していた。

「あー、もう春なんだ。叔父貴《おじき》の家を飛び出してからずいぶん経《た》ったと思ったが、そんなでもないんだ。まだ寒いもんなぁ」

平太は藁ぼっちにくるまって寝たことを思い出した。

橋を渡り水戸街道《みとかいどう》に入ったとき、向こうから見慣れない筒袖団袋《つつそでだんぶくろ》の服や、帽子をつけた一団がやって来るのを見た。平太は思わず道の脇によけた。刀や鉄砲を持っているところを見ると侍らしい。話に聞いたことのある大砲とやらも引っ張っている。

(こりゃあ　やっぱり戦さだ。これから戦さに行くんだ。早く帰らにゃあ。こ

の連中、ひょっとしたら大久保の殿様が待っている残りの兵隊かもしれないぞ）

平太は昨日の朝から夜にかけて、また百人に近い侍が集まって来たことを思い出した。

（いよいよ戦さが始まるぞ）

平太は駆け出した。

このとき名主の家には三百人に近い侍が集まっていたのである。

薬を手にした平太は橋をめざして急ぎに急いだ。土手の近くまで来て平太はまわりの仰々《ぎょうぎょう》しさに目を見張った。

「なんだ、どうしたんだ。ほんのさっきまでなんでもなかったのによ」

平太は急いだ。

平太は土手下に屯《たむろ》する人をかき分けて橋に近づこうとした。

「なんだこやつ」

「な、なんの騒ぎだ。俺は川向こうへ帰るんだ、通せ、橋を渡らせろ！」

「なに、川向こうへ行きたいと？　お前どこへ行ったんだ。あやしい奴め」

「いま川向こうへ行かせるわけにゃいかん」

ねじ伏せられ縛り上げられた平太は、いつまでも帰してもらえず、とうとう夜になってしまった。

（はやく大久保の殿様の所へ……）

平太はあせったが、どうすることもできず、転げ回ってまわりの者を困らせた。

平太が解放《かいほう》されたのは翌《よく》、四月二日の昼近くであった。

「あーあ、ひでえ目に遭うた」平太は名主の家に向かって走った。

土手下に集まっている村人の間を平太は血眼《ちまなこ》になって名主の家へと急いだ。

息せき切って戻った平太が目にしたのは、シーンと静まり返った広い屋敷《やしき》と、放心《ほうしん》したような名主の家族や、あちこちをかたづける使用人の姿であった。

「ど、ど、どうしたんじゃ！」

土手向こうの集団は、敵が五兵衛新田に屯《たむろ》していることを知り、それを討つためにやってきた官軍（薩長）の兵隊であった。

追っ手の迫ったことを察知《さっち》した名主屋敷に駐屯《ちゅうとん》していた大久保の兵は、いち早く五兵衛新田から脱出したのであった。

「大久保の殿様やあの大勢の侍たちは、いったいどこへ行ってしまったんだろう？」

大久保が追われていることを、平太はこの時初めて知った。土手で出会った見慣れない格好《かっこう》をした大勢の兵隊が戦さの相手であることを知ったのであった。

わけもわからないまま平太は、名主の屋敷に足止めになってしまった。

第二部　平太翔《と》び立つ

一　消えた夢

「宇都宮に兵隊が集まっている」

「流山《ながれやま》に行ったらしい」

そんな噂を耳にした平太はトシにできるだけのむすびといり豆と干飯《ほしいい》を頼んだ。

何かにつけてよく手伝ってくれた平太を、いつの間にかトシはいとおしく思うようになっていた。

「お侍はみんな大急ぎで出て行った。今からじゃあとても追いつけねえ」

「旦那《だんな》さんにお願いしてここで働けばいいよ」

「平どんと一緒だとわしは……」

「一緒にここで暮らそう……。当てもねえ所へ行くことはなかろうに……」と、必死で引き止めるトシの言葉に平太は迷った。

平太もいつの間にかトシに愛情をもつようになっていたのである。若い平太の気持ちは揺《ゆ》らいだ。

そのとき遠くから、笑い声に乗って〝男になったら家来にしてやろう〟と言う、大久保の声が聞こえた。

「侍になったら必ず迎えに来る。それまでここにいろ」

トシは仕方なくむすびやいり豆、干飯を用意し平太に渡した。

(いつまでも待っとるからなあ……)トシは言葉を飲み込んだ。

トシの必死《ひっし》の言葉も、侍になりたいという平太の気持ちを変えることはできなかった。

(何がなんでも殿様を捜《さが》し出すんだ)

「お侍方はこの道を北のほうに行った」

トシの指差す北に向かって平太は歩いて行った。跳《は》ねるように歩いて行く平太の後姿を見て、

(平どんはもうここには帰っては来ねえ)

トシはそんな気がした。


流山の野っ原で、剣術をやっている数人の侍を見かけたという旅の者の話を耳にした平太は、急ぎ流山に向かった。

平太が下総《しもうさ》(千葉)流山に着いたのは四月も半ばを過ぎていた。

「てえへんな数の侍が上がって来たってよ」

「なんでも利根川を舟で来たって話よ」

「戦さでも始まるんだろうか」

今の平太には人の噂で、行き先を決める以外にすべはなかった。

侍が剣術をやっていたと聞いた野っ原にも行ってみたが、何の手がかりもな

い。

「舟で上がった侍は長岡屋に行ったらしい」

「なんでも天朝方の軍隊だってよ。着物や袴《はかま》じゃなかったって話だ」

「長岡屋って、あの酒屋のか」

「ああ、造《つく》り酒屋のよ」

「何があるんじゃい。金持ちの酒屋で」

「なんでも江戸から来たらしい大勢の侍が、長岡屋に居座っているってことだ」

「利根川を舟で来たっていう連中とは別なのか？」

「違うようだぜ。舟で来た連中は、なんでも長岡屋にいる侍を捕らえるためらしい」

「戦さにならねばいいが」

話を耳にした平太は、（間違いねえ、大久保の殿様だ）と合点するやいなや長岡屋に向かって走った。

長岡屋の前は静かだった。

「この家に大勢侍がいるんだって？」

平太の声に、怪訝《けげん》そうな顔をして村人は振り返った。

だれ一人として返事を返してこない。平太は近くの家々を聞いてまわった。どの家もピシャリと戸を閉めて相手をしてくれない。

「大将らしいお武家が、馬に乗って侍に守られて連れて行かれた」

四軒目の家でどうにか様子を聞き出すことができた。

「どうも板橋宿に行ったらしい。板橋宿には官軍の詰《つ》め所《しょ》があるからなあ。お調べでもあるんじゃないか」

五兵衛新田で置き去りにされて以来の、仲間の足取りをようやく知った平太であった。

(板橋宿とやらに連れていかれたのは、大久保の殿様に間違いねえ。殿様は嵐に巻き込まれているんだ。だからお調べを受けるんだ。でもよ、殿様の言う嵐っ

てのはいったい何なんだ）

（そんな詮索《せんさく》よりも、これからどうすればいいのだ……）

向こう見ずの平太も困り果てて、ただ先へと歩いて行くしかなかった。

「近く奥州で戦さがある」

「白河で……」「仙台で……」「会津で……」

通りすがりの人々の噂を耳にした平太は、

（北のほうにつぎつぎに戦さが起こるようだ。大久保の殿様は後から、間違いなくその戦さ場に来る。いつまでもこんなところで、ぐずぐずしてはおれない）

平太はどっしりとした厳《きび》しい大久保を思い描いた。「男になったら家来にしてやる」と言った大久保の後を追い、北に向かうことに平太は一寸《いっすん》のためらいもなかった。

いつの間にか桜は終わり、ややもすると日中は汗ばむ陽気《ようき》になっていた。あと数日で五月。平太は奥州街道《おうしゅうかいどう》の脇道を北を目指して歩いた。

峠の分かれ道で平太は右か左かと迷ってしまった。

はるか彼方《かなた》の藪《やぶ》の中に人影を見かけた平太は声をかけようと近づいた。人影はす早く立ち上がると刀の柄《つか》に手をかけた。

(あっ侍だ!)平太は思わず数歩、後ろに飛び退《さが》った。

「あっ! お前は、あの時のほくろ……」

「………」

二人は互いに向かい合ったまま、次の言葉が出なかった。

「ほくろだ。そのほくろ、忘れるものか! なぜこんな所にいる、仲間はどこにいる?」

若い侍は矢継《やつ》ぎ早《ばや》に尋《たず》ねた。

平太は五兵衛新田で置き去りになったことを話した。

「ああそのことなら知っている。あの時、わしも流山に移動した」

「それでみなさんは今どこに……」

「わしが聞きたいほどだ」

「白川とか仙台とやらで、戦さがあるらしいって村人は噂している」

「わしらは新選組の隊士だ。薩摩、長州を相手に命がけで戦っている」

「えっ！　新選組！　俺知っている。新選組なら知っている。府中村の若え者も日野村の若え者も……。みんな新選組に入りたがった。だから剣術を頑張った」

「府中村とか日野村っていうのは何だ」

「俺の生まれた所で……」

「なるほど、新選組へ入隊希望の若者がお前の村でもたくさんいたのか」

「たくさんなんてもんじゃあねえ。俺だって早く大人になって新選組に入りてえと思っていた。で、大久保の殿様は今どこにいるんで？」

「大久保の殿様？　ああ、隊長のことか」

野村利三郎という隊士の話から、平太はこの時初めて大久保大和は近藤勇《こんどういさみ》であり、新選組の隊長であることを知った。

（近藤勇？　村の衆の憧《あこが》れの？　だからあの時、勝沼の戦《たたか》いに道場の連中や村のやつらが競って戦《いく》さ場に行こうとしたんだ。近藤の殿様はあの戦さに敗けたんだ。そして敗けて…。おれが街道で。殿様に助けられたのはその時だったんだ……）

平太は近藤の広く張った顎《あご》と、一文字に結んだ大きな口を思い浮かべた。どっしりと立った姿、黒い羽織と袖口の白い模様を思い出した。

（近藤の殿様はまた敗けている。だから流山に逃げたんだ。でも流山からこんどはどこへ逃げたんだろう）

「それで近藤の殿様は、こんどはどこへ逃げたんですかい」

「隊長が逃げたと！　ばかを申すな！　新選組はどんなことがあっても逃げたりはせん。次の戦さの場所に移動しているのだ。同志の集まっている場所に移動するのだ」

平太は「嵐に向かって立てるか！」と言った近藤の言葉を思い出した。

（〝嵐に向かって〟〝立つ〟っていうことは……そうだったのか）

平太には近藤の言った二つの厳しい言葉は『戦さから逃げ出すのではなく、戦さに向かっていく』ことで、（お前にはそれができるか）と問われたのだと初めて理解することができた。そして、野村さんも新選組の仲間も、嵐に向かって立っている。

（俺も早く戦さ場に行きたい。メチャクチャに敵をやっつけてやる。そして近藤の殿様にほめてもらうんだ。みんな驚くぜ）

平太は野村の引き締まった横顔を尊敬の眼差《まなざ》しで見た。

新選組は命をはってまで「何のために戦っているのか」この時平太には知ることも、考えることもできなかった。

「こんどの戦さはどこなんで。野村様も会津に行かれるんで……」

「会津での戦いには間に合わぬかもしれぬ。そのときは箱館《はこだて》まで行く……」

「箱館？」

「ああ、日本の一番北の端だ」

「箱館とやらには、近藤の殿様も行きなさるんで？　俺はどんなことをしてでも近藤のお殿様の家来になりてえんでさあ」

「なにも知らないのか。お前は！　隊長は斬罪《ざんざい》に処せられた」

なんとも言えないくぐもった声であった。

「ざんざい！　ざんざいってのはなんで……」

「打首《うちくび》の処刑《しょけい》にあわれた」

「殿様が打首！　そ、そんな。そんなはずはねえ。そんなはずはねえ」

近藤の死を認めようとしない平太に、野村は板橋の官軍の結め所まで供《とも》をしたのは自分一人であり、そこで近藤の最期《さいご》を知ったことを話した。

「わしらの仲間が隊長を奪い返そうと、何度も機会をねらったはずだ。しかしあの警護《けいご》では……」

野村は遠くを見ながらつぶやいた。悔しさを圧《お》し殺すようなくぐもった声であった。

「隊長が処刑された後、わしはしばらく牢《ろう》に入れられ、ここでやっと釈放《しゃくほう》されたので今になった」

「…………」

「処刑のあとのことはわからん。おそらく首は京に送られたのであろう」

思いがけない事態《じたい》を知り、平太はその場にくずれるように座り込んでしまった。

(本当だろうか？　信じられん)

広い肩幅。どっしりと構えた近藤の姿をまた思い浮かべ、平太はやはり近藤の死が信じられなかった。そして首は京に送られ、さらされるであろうと言った野村の言葉に平太は驚いた。(あの近藤の殿様が！)

京都では近藤の活躍に反感をもつ者が多いという。

（なぜだ！　日野だって、府中だって、近藤の殿様はみなの憧れだったのに……）

近藤の家来になるという一点を生きがいとしていた平太にとって、近藤の死は将来への夢をなくしたことと同じであった。平太は立ち上がることを忘れたかのようにいつまでもその場に座り込んでいた。

「元気を出すんだ。ではな」

峠を下っていった野村の言葉も姿も、平太の耳にも目にも入らなかった。枯草を噛《か》みしめて声を殺して平太は泣き続けた。

しばらくして平太は、（あの大勢のお侍が一つになって守ろうとしているものはいったい何なのか。野村さんも、みなに追いつこうとしている。そのために国の北の端までも行くという）

平太は五兵衛新田での、大勢の隊士の剣術の姿を思い出していた。

（それは命がけのものだ。近藤のお殿様もそうだ。そうして命を落とされた。それほど大事なものなんだ。だからどんなに苦しくても、どんなに苦しくても……。みんなは嵐に向かって突き進んで行くんだ）

（俺は近藤の殿様の家来になることだけが生きがいだった。近藤の殿様が死んでしまったら何もなくなった。俺には嵐に向かっていく大事なものはない。野村さんたちは何のために嵐に向かっていくのか。その『何のためにか』を知りたい）

平太は右手を頰《ほお》に運んだ。中指の先が盛り上がっているほくろに触れた。しばらくほくろに触れていた平太は、〝男になれたらほくろが光ってくる〟と言った近藤の言葉を改めて思い出していた。

平太は、その手を力強く払い除《の》けるやいなや、すっくと立ち上がった。

遠くの山々に太陽が入ろうとしている。空は真っ赤に燃えている。

平太は疾風《しっぷう》のように峠を駈け下りて行った。峠の春は遅く、平太の駈け下りる音に驚いたのか、枯草の中から雉《きじ》が勢いよく空に向かって飛び立った。

二　夢を求めて

降り続いた雨の季節も過ぎたある日、奥州街道を北へと急ぐ一人の若者がいた。

腰を荒縄《あらなわ》でしばり、ぼろぼろの衣類を身にまとっていたが、若者の目は生き生きとし、その目の下には黒いほくろがあった。野村利三郎に追いつくことのできなかった平太は、それでも会津に向けて歩き続けた。会津への道には想像《そうぞう》できないほどの困難《こんなん》があった。

平太は宿場《しゅくば》にたどりつくと民家や商家に立ち寄っては、水汲み、まき割り、田畑の仕事と休むことなく仕事を探し、食いつないでいった。しかし北へ向かう道は峠道が多く、道筋には民家はほとんどない。たまにあったとしても貧しい生活であってみれば、ただ働きということも度々である。粥一杯《かゆいっぱい》の報酬《ほうしゅう》であっても仕事があることはありがたかった。

昨日から、何の仕事もなく小川の水で空腹をしのぎ、それでも平太はよたよたと歩き続けた。（早く会津に行かねば）いつもそのことが頭をよぎった。

雨の季節は終わったと思われたのに、また雨が降ってきた。あたりは薄暗く、戸を閉ざした家に立ち寄っても仕事はなかった。やがて夕闇《ゆうやみ》がせまった。

「ああ疲れた。こんなにだるいのは生まれて初めてだ。やたらと体が重たい」

雨水に濡《ぬ》れた着物はずっしりと重く、水が滴《したた》り落ちる。

「ああ、もう駄目《だめ》だ！」

一軒の農家の小屋に入り込んで平太は藁の中に潜りこんだ。

「寒い！」

平太は寒さにがちがちと歯を鳴らしながら、藁山の中のほうへ潜り込んだ。目も開けておれないような疲労感がどっと平太の全身に広がった。

しとしとと降る雨の音。風が出たのか、木々の枝が小さな窓を叩く音がする。音がだんだんと遠退《とおの》いていく。そして何の音も聞こえなくなった。平太は魂《たましい》が抜け去っていくような自分を、どうすることもできなかった。

「やぁ気がついたようじゃな。どうじゃ湯でも飲むかな」

そう言いながら、平太の顔を見た後、腰の曲がった年寄りの男は出て行った。やがてどんぶりを片手に入って来た。

差し出されたどんぶりの湯を平太は一気に飲み干した。喉《のど》から腹へと、温かい筋が流れ落ちた。

(うまい)

平太は生き返った気分であった。

「おお、熱が引いたようじゃな。よかったのう。大変な熱であったぞ」

年寄りは歯の抜けた口元をほころばせながら平太に話しかけた。

「ありがとうございました」

平太は深く頭を下げた。

「歩けるか？　歩けるようじゃったらあっちへ行こう。ばあさんが粥《かゆ》をつくっているで」

年寄りの後から平太はふらふらと歩いた。久しぶりの太陽の光は温かくまぶしかった。

「年寄りの住まいじゃで、なんにもねえ」

老婆《ろうば》の差し出す粥を平太はがつがつと飲み込んだ。

朝も夜も粥と漬物に味噌汁だけの貧しい食事であったがありがたかった。みるみる元気な平太になっていった。

「どうかね。寒いかね。病み上がりにゃあ寒さがこたえるでなあ」

平太に語りかけるように老婆がつぶやいた。

「あれは昨日、いやその先のことじゃから。二日の間気を失っていたわけよなあ。高い熱にうなされていたさ。若えからなあ、命拾《びろ》いできたのよなぁ」

いろりに薪をくべながら老婆は語った。

命など考えたこともない平太であった。死など自分には関係のないことと思っていた平太は「命拾い」という老婆の言葉に、ふと若くして死んだ両親を思った。

「死」は否応なくやってくるものなんだ。「命」は一つしかないいんだ。死んでしまったら何もできない。俺が皆の前から消えてしまう。

老夫婦に助けられた平太は、かけがえのない「命の尊《とうと》さ」を思い知らされた。

（二人は俺の命の恩人だ）

「俺に仕事をさせてくださらんか。畑仕事でも、なんでもやらせてくだせえ。二人のおかげで命が助かりました」

平太は老夫婦に告げた。米や稗《ひえ》だけでなく薪《たきぎ》や小枝にいたるまで、貯《たくわ》えなどありそうもない二人の生活ぶりを知った平太であった。

翌日から平太は、草茫々《ぼうぼう》の畑を掘り返しはじめた。

「長いことほうっておいたで、草がはびこりたいだけはびこってのう。すまんのう」

老人は「ほんに助かる」と何度も繰り返した。

まだ力は出なかったが、久しぶりの汗は心地よかった。平太は次の日も次の日も畑に出て土をおこした。

「ここに何を蒔《ま》こうか」

「そうだな、薩摩芋《さつまいも》でも植えようかのう。芋があると冬が越《こ》せる」

「菜もあると助かるが」

老婆の頼みに応《こた》え、せっせと種を蒔く。暇をみては冬に備えるために山に行き、枯れ枝を集め薪《たきぎ》を蓄えた。

いままで感謝《かんしゃ》されたことなどなかった平太には、老夫婦の感謝の言葉はうれしかった。老夫婦との毎日の生活に、平太は今まで経験したことのない安らぎを覚えた。それは五兵衛新田で経験した安らぎとは違った穏やかで温かく、底の知れない安らぎの世界であった。

平太は病気をして、初めて健康のありがたさを知り、生きる喜びや感謝の気持ちを知った。

（いつの間にか夏になった。芋も菜もよう育っとるなぁ）

草取りの手を休め、ごしごしと額の汗を拭きながら平太は遠くに目を移した。遠くの街道を足早に通り過ぎて行く旅人の姿が見えた。また一人、前屈みになって気忙《きぜわ》しそうに通り過ぎた。

街道を急ぐ旅人の姿を見て、平太の心は騒いだ。

（こうしてはおれない。俺は会津に行く途中だったんだ）

（そうだった！　会津に行って近藤の殿様や野村さんが『一つしかない命をかけてまで守っているものは何なのか』を知るんだった。そして俺もそれに命をかける決心をしたんだ）

平太は大事な忘れ物を思い出したかのように胸が騒いだ。「命の尊さ」を身をもって知った平太であったが近藤や野村が「命をかけて守っているものそれは何なのか」そのことを知りたい欲望《よくぼう》はせきを切った水のようにはげしく平太の体内をかけめぐった。

平太は後も見ずに走った。土間に飛びこむなり、

「おじい！　俺は会津に行く！」

急なことに老夫婦は驚いた。

「いつまでもわしらの所におればいいに」

「わしらの子どもにと、願っていたのに」

二人は何度となく引き止めたが平太の決心は変わらなかった。

「これを持っていくがいい。やがて、寒うなるでなあ」

老婆は仕立て直しの袷《あわせ》の着物を平太に渡した。

「おばあ！　ありがとう」

平太の目に涙が光った。拳《こぶし》で涙を拭うと、平太は会津への道を急いだ。


宇都宮街道をぐんぐんと北へ、やがて香塩、面川と過ぎ、会津若松まであと少しというところまで来た時、激《はげ》しい雨の中を沢山《たくさん》の人がこちらへ向かって来るのを見た。子どもや年寄りの手を引いたり、荷物を担《かつ》いだり……。誰《ど》の顔も頭からしたたり落ちる雨水でぐしゃぐしゃに濡《ぬ》れ、水をふくんだ衣類は体にへばりついている。

「なんだ。あれは！」

それは戦さから逃れるため逃げてくる人々の群《む》れであった。人の群れは果てしなく続く。

（何事が起こったんじゃ）

不安に怯《おび》える汚《よご》れた顔。恐怖《きょうふ》にひきつった顔。今までに見たことのない顔が平太の脇を通り過ぎて行った。

（何か起こっている。村や町に何か起こっている。急がなくっちゃあ）

平太は人々の来た道を急いだ。


けたたましく乱打《らんだ》される鐘《かね》の音。城下町の路地を城に向けて動く人の流れ。街道をめざして動く人の流れ。

冬の到来《とうらい》を恐れた官軍（薩長）は、勝ち戦さに乗じて、一気に会津に攻撃《こうげき》をしかけた。一八六八（明治元）年八月二十一日のことである。

戦さは長引くほど会津方の被害は大きく、会津城の東南の方角（小田山）から大きな大砲の弾《たま》が飛んで来る度に火の手が上がり、城や町を焼き払い、城下は火の海となる。

その間を人々が我先《われさき》にと逃げ惑うている。

(こりゃあ戦さだ)

息せき切って駆け付けた城下で平太が目にしたのは、まさに会津戦争も半《なか》ばを過ぎた九月初めのことであった。

道に、路地に、たくさんの怪我人《けがにん》が頭や顔を血に染め、足を負傷《ふしょう》して動けない人、安全な所へ行こうと腹ばいになって動く怪我人。すでに息絶えている人もいる。

(人が人を殺し合う。これが俺のめざしていた戦さというものなのか)

刀を振りかざし、勇《いさ》ましく戦う様を想像していた平太は、戦場の情景を目《ま》のあたりにして言葉もなかった。ズドーン、ズドーン、耳を劈《つんざ》く音。

(あれが大砲か)

その時大きな火の手が上がった。

(あっ！　たくさんの人や建物がまたつぶされた。火の手が上がっている)

しきりに半鐘《はんしょう》が鳴る。平太は人々の群れから離れ、町中をあちらこちらへと火の手を避け逃げ回った。その時も平太が目にしたのは、逃げ惑《まど》い怪我に呻《うめ》く多くの人々の姿であった。

(子どもが母親に取りすがっている。母親はぴくともしない、どうしたんだ。あの軒下には年寄りが……)

平太は驚きと怖《こわ》さにおののいた。

弾を避けるため平太は門構えの大きな建物の中に入った。なんとそこは負傷《ふしょう》者救護《しゃきゅうご》の場所であった。呻《うめ》き、のたうつ負傷者。女の人が着物の袂《たもと》を裂き、怪我人の傷口《きずぐち》を縛っている。髪を振り乱し、煤《すす》で黒くなった顔。離れた所に医師らしい一人の老人が、顔から汗が滴り落ちるのもかまわず、あちらの怪我人こちらの怪我人と動きまわって、あれこれと手当てをしていた。

平太は思わず老医師に駆け寄った。

「すまぬ。この怪我人に包帯を!」

「ここのところをきつく縛《しば》ってくれ。血を止めるのだ」

「この怪我人にも止血を！　ここをきつく縛るんだ！　ここでなきゃ効かんぞ」

平太は怪我人の間をあちこち飛び回って手伝った。

怪我人は絶えることなく運ばれて来る。足をもぎとられたのか血が流れている。手をなくした農民。すでに息絶えた者もいる。今まで見たことも、聞いたこともない世界で、平太は夢中で動きまわった。

ズドーン。メリメリものすごい音がして天井の屋根を破って大砲の弾が落ちてきたとみるとプシュ、プシュと不気味な音をたて導火線《どうかせん》の火が燃え移ってくるではないか。

「あっ、大変だ！」平太は狼狽《ろうばい》した。そのとき、血に染まった赤い包帯を足にまいた男が、ずるずるといざり寄って火花の走る大砲の弾に抱きついたとたん、ババババーン、炸裂《さくれつ》のすごい音と振動。もうもうとした煙が収まった後に、包帯の男の姿はなかった。

（みんな助かった。あの人のお陰だ！）

（人のために命を投げ出す。俺にはとてもできない）

平太はへなへなとそこへ座り込んでしまった。

「ここでは危ない！」

ひときわ大きな声がした。見ると医師と思われるあの老人である。老人の顔はきりりと引き締まり、言葉には何も言わせない恐ろしいほどの威厳《いげん》があった。

老人は足元の怪我人に手を貸して、次々に起こすと、逃げるように指図をした。医者の指図で、城から遠く離れた農家が急ごしらえの治療所となった。

ズドンズドン、プスプスとしきりに聞こえてくる不気味《ぶきみ》な音の中を、肩にしがみ付き、助け合いながら移動して行った。道々には大人や子ども、男女の死者が横たわっている。家の軒下《のきした》で絶命している人は、きっとそこまで這っていって力尽きたに違いない。

「戦争はむごい。何のために、罪のないこんな小さな子どもまで……」

平太は軒下に俯して息絶えている五、六歳ぐらいの子どもを見た。

(こんなに小さいのに、死んでしまって……。もう生き返ってはこれないんだ)

たとえどんな理由であれ、戦争は許せない。平太は怒りがこみあげた。

平太は民家から探し出してきた荷車に怪我人を乗せ、軒下で息絶えていた子どもを乗せ、新しい治療所へ送り込んだ。平太は子どもの死骸《しがい》を放置《ほうち》できなかった。

老医師は芳庵《ほうあん》といった。

「若い人、手を貸してくれ!」

「怪我人をこちらに移して!」

「平太!」「平太!」と芳庵は何かにつけ平太の力を借りた。そのたびに平太はくるくるとよく動いた。

一カ月にわたる籠城戦の後、会津は敗北した。九月二十二日であった。

戦火は収まったが負傷者の数は減ることなく、敵味方の武士をはじめ、町民や農民にいたるまで、むしろ増加のありさまであった。二十人ほどの怪我人を芳庵と平太、賄《まかな》いの女の三人で介抱に当たった。

あと二、三日で十月というある日、

「今日一日、わしを休ませてくれ。平太、怪我人を頼んだぞ」

疲れ切った芳庵は平太にそう言い残すと奥の部屋に入り、よほど疲れが溜《た》まっていたらしく、横になると眠りこんでしまった。平太はいつものように怪我人の薬を取り替えたり、包帯（布）を洗ったりした。

「お内儀《ないぎ》が！」の声にあわてて怪我人のところへとんでいった平太は、顔を真っ赤にしてうなっている女性を見て驚いた。平太は芳庵をまねて病人の額に手を当てた。

「すごい熱だ！」

あわてた平太は芳庵を呼びに走った。しかし死んだように寝入っている芳庵を、平太は揺り起こすことができなかった。急ぎ井戸から水を汲んで、病人の額に水で浸した手ぬぐいを当てた。

病人の枕元にはいつも四歳ほどの男の子が座っている。武士の子らしく小さな膝《ひざ》をきちんと揃え、賢《かしこ》そうな目は心配そうに病気の母親を見ている。

「坊、しばらくしたらこの手ぬぐいを取り替えるんだよ」

煎《せん》じ薬の様子が気になった平太は、そう言うと病人の傍を離れた。

急ぎ戻った平太は、喘《あえ》ぎ苦しんでいる病人を見て驚いた。

「松さん！」「松さん！」

急に静かになった病人に不安になった平太は、病人の名を呼びながら体を二度、三度と揺すった。返事がない。

「母上！　母上！」驚いた男の子も大声で呼びかけた。病人は急に苦しげな激しい息づかいになった。

「た、大変だ！」

平太は芳庵を揺すり起こした。あわてて病人の枕元に駆け付けた芳庵は、

「しまった！　菌《きん》が体中にまわった！」

芳庵はいろいろと手を尽くしたが、やがて（駄目じゃ）というように頭を左右に振った。

「俺がいま少し早く気づいていたら助かったんじゃなかろうか……」

（ほんの少し目を離したために……）平太は苦しかった。

「松どのの病気はわしの手にはおえん。今の医学の力じゃあ治すことは不可能じゃ」

「芳庵先生にも治せん病気があるんですか」

「ああ山の高さほどもある。わからんことは海の深さほどある。医学はこれからじゃ。お前たち若者がその道を切り開いていかにゃあのう。そうすれば大勢の命を助けることができる世の中になる」

松は敗血症《はいけつしょう》になっていたのであった。

（世の中には知らないことがいっぱいある。わからないこともいっぱいあると

いう。怪我だって薬を取り替えていれば、いつかは治るものだと思っていたが……。いつの間にか菌というものが体に入っている)

平太は広くて深い未知の世界のあることを知った。

「おや!」

平太は着物の裾が引っぱられていることに気づいた。松が引っぱっている。

「この子を頼みます」

高熱に潤《うる》んだ松の目は、平太に何事か訴え息絶えた。平太には臨終《りんじゅう》の松の願いが迷うことなくわかった。男の子はしっかりと母親の着物の裾《すそ》をにぎっている。

(かわいそうに……。こんな小さな子どもまで……。近藤の殿様や野村さんたちが命をかけて守っているもの。そのために多くの人が命を落とし、関係のない人の生活までもが脅《おびや》かされているのではないか。それほどまでに大切なものなのだろうか。多くの人を不幸にしてまで守るもの。たとえそうであったとしても、俺にはできない。いや！　そんなものは世の中にはないはずだ）
平太は男の子を脇に抱きかかえるやいなや、庭に飛び出た。
「お内儀《ないぎ》さん！　安心しろ！　坊は俺が引き受けた！」
平太は空に向かって叫んだ。

三　決意

「明日江戸から武雄が来る。滝沢からの帰りらしい。生まれ在所が気になってのことであろう」

「先生の知り合いですか」

「ああ、むかしの弟子でな、いま江戸で医師の修業中なのじゃ」

「平太、武雄が来たら留守を頼んで御薬園《おやくえん》に行ってこようと思う。供をしてくれ。ここのところ秋風が吹きはじめたでのう」

芳庵が平太に声をかけた。

「久しぶりに武雄が尋ねてくるので病人を看てもらおう。薬草を集めたいのだ。来春までの薬草が心細いのでな」

それから二、三日後、たすき掛けに荷物を背負った若者が芳庵を尋ねてきた。がっしりとした体付きの小村武雄は、ずかずかと土間に上がり、奥の芳庵の部屋に入った。

「やあよう来た。元気そうじゃなあ」

芳庵は顔をほころばせて武雄に声をかけた。

「平太、陽一郎殿や信之介殿、それにみんなをここへ呼ぶがいい。江戸の様子を武雄から聞こうじゃないか」

四間しかない家のこと、芳庵の声を聞き付けて、歩ける者はみな集まって来た。

「障子を開けて誰も話が聞けるようにな。それに平太、茶など入れて持ってきなさい」

芳庵は次々に指図した。平太は茶の用意をして皆の前に置いた。誰もが、忘れてしまっていた安らぎのひとときであった。

「ところで武雄、江戸はどうなっている。江戸のことはさっぱりわからん。様子を聞かせてくれ」

だれも音一つたてないで、武雄の言葉を待っている。

「いやー先生。江戸も大変ですが、会津の敗北は想像以上です。壊滅状態ですね。さんざんに痛め付けられた鶴ヶ城を見て涙が止まりませんでした。あの気高く空にそびえていた城がと思うと……」

しばらく沈黙が続いた。

「戦さに敗けるということは全く惨めなものです」

信之介がぽつりと言った。

「会津藩も砲兵隊を組織したが、官軍の大砲には太刀打《たちう》ちできなかった」

陽一郎は悔しそうに言った。

「わたしは地獄《じごく》を見ました。思い出しても恐ろしいことです」

農夫の弥助は頭を振りながら言った。

「いやあ、以前の整った町の面影はどこにもない。想像以上の破壊《はかい》です」

武雄は戦さのすさまじさを繰り返した。

「そのとおりです。『江戸を見たくば会津にござれ』とまで唄われたわが若松は、もはやどこにも見られません」

「建物だけではありません。人の心も打ちのめされました」

「しかし会津の人は年寄り、女に至《いた》るまでよく戦いました」

集まった者はそれぞれに、悔しさを言葉にした。

「痛ましいことじゃ。ところで武雄。江戸の様子はどうなんじゃ」

「いやあ。今でこそどうにか静かにはなりましたが、一時はどうなることかと……。公方《くぼう》さまが江戸城を開城されたので、戦火は逃れることはできましたが。それでもそれをいさぎよしとしない幕府方の武士が、上野の山にたてこもって……」

「それで戦さに？」

「そうです。しかしすぐに勝敗はつきましたが見慣れない洋服姿の官軍の兵士を、町のあちこちに見かけて、何事か起こるのではないかと人々は不安を隠せません」

「時代は明治となった。新しい世の中になろうとしているのだ」

「先生の言われるとおりです。幕府に代わって薩長が政治をとると言われています」

「新しい時代になあ」

陽一郎が呟《つぶや》いた。

つぎの日の朝早く、平太は芳庵の供をして城下に向かった。背に大きな籠《かご》を担いだ。

会津藩の薬草園は城の北出丸（本丸を守る重要な出丸）の前を通る。

「あれから一カ月になる。ご城下はどんな有様《ありさま》だろうかのう」

やがて二人が目にしたのは、青空に聳え立ち、仰ぎ見ていた鶴ヶ城の変わり果てた姿であった。近づくにつれ白い壁は今は薄黒く、城壁はまるで疱瘡《ほうそう》の後のように弾の痕《あと》だらけである。振り向くと瓦礫《がれき》の山と化した城下町の変わり果てた姿があった。

「臭い。噂どおりだなあ」

「官軍は、死体の始末をさせなかったらしいが。やはりのう。臭いがいまだにこもっている」

独《ひと》り言《ごと》を言いながら芳庵は先を急いだ。北出丸の前まで来ると芳庵は、急に城に向かってひざまずき深々と頭を垂《た》れた。歩きはじめた芳庵の目には涙が光っていた。

「先生、会津はなぜ戦さなどしたのですか。勝つはずの戦さだったのですか」

「しなきゃならない、どんな訳があったんですか」

黙りこんでいる芳庵に、たまりかねた平太はつぎつぎに尋ねた。芳庵は考え事でもしているのか何も言わず、黙って歩く。沈黙《ちんもく》が続いた。しばらくして、

「武士には厳しい掟《おきて》がある。たとえ負ける戦さとわかっていても武士は主君《しゅくん》に従う」

「だれも止めないのですか」

「いや、藩主容保公《はんしゅかたもりこう》（会津藩主）は最後まで恭順《きょうじゅん》を申し出た。しかし官軍は拒絶《きょぜつ》した」

「殿様があやまっているのに許さなかったのですか」

「そういうことだ。そんな中で敵が攻め寄せてきたらお前だったらどうする」

「………」

「殿様には官軍をそこまで怒らせる何があったんですか」

芳庵はまた黙って歩き続けた。

「いいか平太。御薬園にある藩主の別荘は今官軍に占領《せんりょう》されている。わしらは町民や農民に入り用の薬草をいただきに来た。そういうことだ。わかっているな」

「咎《とが》められたら、そのように言うんだ」

御薬園の入口で芳庵は平太に耳打ちした。

御薬園は無人で、畑には夏の間に伸びきった薬草がたくさんあった。

「平太、向こうの刺《とげ》のある葉は毒消しになる。できるだけ摘《つ》み取れよ」

「平太、これは下痢《げり》止《ど》めだ。これも役に立つ」

「これは膿《うみ》を吸い出す」

芳庵の指差す葉を平太は夢中で摘み取った。遅い昼飯をすませ、二人は帰路についた。

またも無口になってしまった芳庵であったが、平太は官軍がなぜあやまる会津を討ったのかその訳をどうしても知りたかった。

「先生。なぜ官軍は会津を許さなかったんですか」

「もう終わったことだ。いまさら知ったところで詮方《せんかた》ない」

「いいえ。そのために子どもや町の人、百姓までもが、死んだりひどい目に遭《あ》っているのです。わたしの殿様も『何か、大切なもの』のために死にました……。先生の言う『武士の掟《おきて》』と、わたしの殿様が命をかけた、『大切なもの』とは同じものだと思うのです」

「平太の言う殿様とはだれじゃ」

「新選組の近藤勇様です」

「なんじゃと！　新選組じゃと！」

芳庵は驚いて平太の顔を見た。

「薩長が会津を許さなかったのは京での恨みを果たすためとも聞いている」

「会津と京はずいぶん遠く離れているのに、何があったんですか」

二人はいつの間にか本一ノ町を過ぎ河原町口まで来ていた。

「会津藩は将軍に乞《こ》われて、京都守護職《きょうとしゅごしょく》となってあの遠い京にまで行った。ご家中ではいろいろな面から、京に行くことには強い反対があったようじゃが、将軍家のお血筋じゃからのう」

「………」

「新選組は京で、わが藩の殿様、容保公に大層忠誠を尽くしたようじゃのう」

「………」

「薩長が会津を許さなかったのは、京の意趣返しであろう」

「だから新選組は会津をめざしたんだ。会津の殿様の国を守るため……」

平太は思わず声にした。そして、隊長の首は京に送られた。首はさらされたであろう、と言った野村の言葉を思い出した。

「容保公も、近藤勇も新選組もみんな武士としての信義を重んじ誠を尽くした」

「でも、そのために罪のない多くの人が犠牲になった」

平太はぽつんと言った。

この戦さで、会津城下の三分の二までもが戦火に焼かれた。そしてこの戦さには新選組の残留者も参戦し、若松北方の塩川付近の砦《とりで》を守っていた。

釣瓶落《つるべお》としの秋の日は西に沈み、薄暗くなった道を二人は家に急いだ。


翌年一八六九（明治二）年五月、幕府軍は箱館五稜郭《はこだてごりょうかく》の戦さに破れ、この時副長土方歳三《ひじかたとしぞう》の率いる新選組の壊滅《かいめつ》したことを平太は知った。そのことを知っても、今の平太は微塵《みじん》の悔しさも感じなかった。むしろまた大勢の人が死んだろう。たくさんの怪我人も出ただろうという、思いのほうが強かった。

平太は目を閉じた。家を焼かれ逃げ惑う人々の姿が瞼《まぶた》に浮かんだ。放置された子どもの死体を思い出した。

（侍にはなりたくない！　俺は絶対に侍にはならぬ！）

怒りの炎が、稲妻になって平太の体中を走った。

平太はかっと目を開いた。少年のころから追い求めてきた「侍になる」という平太の夢は太陽の光の中に飛び散った。


「新しい時代が来る」

芳庵は、松の忘れ形見の松之丈の頭を撫《な》でながらつぶやいた。戦さの不安のなくなった春の日差しの暖かい日である。

「どんな世の中になっていくのであろう。わしら会津人の処分もいまだ決まっていない」

武士であった信之介が、ため息混じりに口火を切った。

「そうよのう。容保公のお命は許されたようじゃが」

「幕府が倒れたのでは、今までの武士の世の中ではなくなる。薩長土肥の新政府が世の中を動かしていくようじゃ」

「武士の世の中でなくなるって？　それじゃわれわれ武士は、いったい何をせよというのじゃ」

脛《すね》をやられ、歩きが不自由になってしまった元武士の勝正は驚いて質《ただ》した。芳庵の言葉に、誰もが已れのこれから先のことを考えた。

侍になる夢を捨てた今の平太には、毎日の平穏な生活の中で『夢』は必要ではなかった。尊敬する芳庵の手伝いの毎日。それだけでも平太は満足であった。その上、感謝される生活に心は充たされていた。

「平太はいいのう。若いから新しい時代にあった職を求めることができる」

「そうよのう。そのために学問をすることだってたやすい」

陽一郎と信之介は眩しそうに平太を見た。

「このような体では、一体何ができるというのだ。せめて手だけでも元に戻れば……」

長期の治療《ちりょう》で、曲がらなくなってしまった腕を見ながら勝正が呟いた。

「やれやれ、会津武士らしくもない言葉。努力に終わりはない。若くても夢がなければ何かに挑戦しようとする気持ちも、努力する根性も起きぬ。いくつになっても夢をもつことは大事なこと、夢をもちなされ。夢をもちなされ」

言い終わると芳庵は、ハッハッハッと高笑いしながら松之丈と席を立った。

「先生。先生はなぜ医師になったのですか」

平太は突然芳庵に質《ただ》した。その日の昼下がりのことである。

芳庵は何も言わず、乾いた薬草の束を行李に納《おさ》めている。沈黙が続いた。最後の薬草の束を括り終えた芳庵は、薬草から目を離すことなく、

「一日も早く武士になりたいと思ったこともあった。若いころのことだ」

「それだのになぜ医師に？」

しばらく考えていた芳庵は、

「わしの父親は微禄《びろく》の下級武士でな。それでも主君のために尽くした」

「やはり会津藩のお抱《かか》えだったのですか」

話に加わった陽一郎が尋ねた。

「そうだ。ただ、わしが今の平太よりいま少し幼少のころ、わしたち家族は父親の勤めの関係で江戸に行った、そこで父親と死別した。長く患《わずら》って、苦しんで父親は他界した。なんの病であったかわからずじまいであった」

「………」

「………」

「そのせいもあって、一日も早く一人前の武士になって、母親を安心させたいと頑張ったものだ」

「その先生がまたなぜ、医師に？」

「不変と思い込んだ夢も不変ではない。何かがきっかけになって変わることもある。人生とはそういうものであろう。

なあ、又三郎殿」

二、三日前やっと床上げした又三郎に芳庵は声をかけた。隣家であった芳庵は、又三郎が武士を辞《や》め、商家への夢をもった若き日を知っていた。

「そうですなあ。若いときにはいろんな夢をもちますなあ。そして迷いますなあ。確かに夢は先生の言われるとおり変わっていくものですなあ。ただ言えることは、夢があると頑張る力がわいてくるということです」

又三郎は、若かった昔を思い出したかのように呟いた。

(今、おれの夢は消えている。侍になる夢は完全に消えてしまっているが、先生の手伝いをしてみんなの役にたっていることは『夢をもっている』とは言えないのだろうか)

芳庵と又三郎の話を聞いているうちに、何が何でも侍になりたいと、飲まず食わずで近藤勇の後を追った情熱のほとばしった日々を、平太は思った。

「わしが武士になるのを辞めたきっかけは……」

芳庵は深く息を吸い、そしてゆっくりと吐いた。

「それは、母親から頼まれての使いの帰り道でのことであった。思いがけず手間取り、暗くなった道を家に急いでいた。四谷の角まで来たときだった。目の前の道を、黒い武士風の二人の者が風のように走り過ぎた。嫌な予感がしたので、わしは急ぎ角の民家の軒下に隠れた。その時目の前を、使いの帰りらしき一人の男が通りかかった」

芳庵は遠い昔の情景を思い出したのか、頭を持ち上げ、そして目を閉じた。

「わしが思わず目をつぶるのと同じ速さで、男は『わあー』と何とも言えない声を残して倒れた。二人の曲者《くせもの》は何もなかったかのように、その場を立ち去った。ほんの一瞬のことであった」

ここまで話した芳庵は一口茶をすすると、

「わしは急ぎ帰宅した。いつにないわしの様子を不審に思ったのであろう、問い質す母上にわしは一部始終を話した」

「わしの話を聞いた母は一言、『試《ため》し斬《ぎ》りであろう。妻も子どももいるであろうに。かわいそうに……』と言った。夫を亡くし、女手一つで家を守っている母親には、残された家族のこれからが、人ごとには思えなかったのであろう。

この時だ。わしが武士になる夢を捨てたのは。そしてその反対の、人の命を救う医師になろうと決心したのは」

「でもなぜ医師に？」

「それは隣家が診療所で、その医師に可愛がられていたので、診療は何となく身近であったのと、何よりも病名が知れず、適切な治療を受けられなかった父親の死が、許せなかったこともあった」

当時を思い出したのであろう、芳庵の顔は燃えるように若々しかった。

春の日差しはまだ弱く、昼を過ぎると風が冷たく感じられる。向こうの部屋の床の中で話を聞いていた二人の病人も臥せ、陽一郎、信之介、又三郎、弥助も押し黙って部屋に帰って行った。

芳庵は物思いに耽《ふけ》りながら、膝に眠る松之丈の頭をいく度もいく度も撫で続けた。

誰もがそれぞれに、これからの身の振り方について思案しているのであろうか、暗くなった部屋はいつまでも灯がつかず、物音一つしない。

平太は、松之丈の頭を撫でる芳庵の手の動きを、いつまでもいつまでも見ていた。


再び春が巡ってきた。一八七〇（明治三）年この春、会津藩士の処分が決まり、会津藩は北奥州の斗南《となみ》へ移住することになった。

「猪苗代《いなわしろ》か斗南かの選択があったらしいが、斗南と決めたようだ」

「まったくこれじゃ一国流刑ではないか」

「会津から遠く離れることを考えてのことと聞いたが」

「移動は今夏からとのことじゃが、情報を得るためには仲間と会わねばならまい」

数日後、

「先生長い間ありがとうございました。新しい時代に向けて、生きていこうと思います。助けていただいたご恩は生涯忘れません」

もと藩士であった又三郎、陽一郎、信之介の三人は、とりあえず青木村の政府軍の病人仲間を尋ねると言って、芳庵の元《もと》を去って行った。

平太は朝から庭の草むしりに余念がない。

「松之丈、そこのざるを持って来てくれ！」

五歳になった松之丈は、平太に声をかけられるとうれしそうに跳ねながら手伝う。雨あがりの日差しがやわらかく二人を包んでいる。

この様子を縁側から見ていた芳庵は、

「平太！」

と声をかけた。

「平太、お前は医師になる気はないか」

「えっ！　わたしが医師に……」

「お前は今日までよく働いてくれた。あとの病人の世話はわし一人で大丈夫だ。お前は若い。江戸や長崎に行って修業するといい」

平太はたじろいだ。

（この俺が……。医師に……）

（なれるものならなりたい）

（先生のような人になりたい）

戦火の中で身の危険も顧みず、怪我人の手当をし続けた芳庵の姿と、額の汗を、平太は忘れられなかった。しかし人の生き死に関わる仕事を、俺のような者にできるはずはない。

（読んだり書いたりすることだって俺は満足にできないんだ）

思いがけない芳庵の言葉に平太は返す言葉がなかった。

しかし人の命の尊さを肌身をもって知った今の平太は、『命を救ってあげたい』という思いが芳庵の言葉によって頭をもたげ、心が波打った。

「人の命を救うことは、今のお前にはまだできない」

平太の動揺を見透かしたかのように芳庵は言った。

「それはわしにも言えることじゃ」

芳庵は茫然と立ちすくんでいる平太を見ながら言うと、続けて、

「いつだったか。そうだ松之丈の母親が命を落としたときだった。あのときにわしの言った言葉を覚えているか」

平太は覚えていた。それは、

「海より深く、山より高いほど医学はまだまだ解明されていない」

と言った芳庵の言葉であった。平太は無言でうなずいた。

「平太は青虫を知っているだろう。あの青虫はサナギとなりやがて蝶《ちょう》になる。今の平太はまだ青虫だ。一年後、二年後いや十年後、二十年後の平太ではないと

思うがどうじゃな。人助けのできる人になろうとは思わないか」

（あの青虫はサナギになり、やがて蝶になる。府中の頃畑でよく見た。本当にそうだ。青虫はいつまでも青虫じゃあなかった。しまいに空を飛ぶ蝶になった）

平太は涙を押さえることができなかった。平太は駆け出して裏庭に出た。

平太は空を見上げた。空を見たのは何カ月ぶりであろうか。会津の空は府中の空と同じように青かった。しかし遠くに高い山が連なり、山の頂は広く青い空にくっきりと線を引いていた。

山はどっしりと居座り、それはまるで『勇気をもて』と言っているかのように思えた。

（死ぬ気で頑張《がんば》れば、俺だって……）人助けのできる人間になりたい！

平太は医師になる決心を芳庵に伝えた。

「これを江戸の武雄に渡しなさい。きっとお前の面倒を見てくれるだろう」

部屋で薬草を煎じていた平太に、芳庵は一通の手紙を手渡した。

〝医師になる〟という確かな夢をもった平太は、薬草の処理や保管の仕方に、今までにない気の配りをするようになった。毎日の薬草の煎じ方は芳庵の指示を注意深く守り、火加減や水加減にいっそう心を配った。その気持ちの底には、(俺は医師になるんだ！　人の命を預かる仕事に就《つ》くのだ！)という思いがあった。

「松之丈は幼い。わしの元《もと》に置いて行くがいい。いずれお前のいい片腕になるであろう」

「………」

「必ず迎えに参ります」

そう言うなり平太は芳庵に深く頭を下げた。

それから数カ月あと、松島湾を南に、江戸へと向かう一隻の船があった。その甲板でいつも黙々と働く一人の若者の姿があった。踏ん張った太く逞《たくま》しい脚の青年の頭には、しっかりと結わえられた髪の毛の束がのっかっている。

後ろから吹き付ける風をいっぱいに受け、帆が見事に膨《ふく》らんでいる。

「船は前に進んでいる」

（帆はまるで風の前に立ちふさがっているようだ）若者はそう思った。

帆が頑張って風を受ければ受けるほど、船は前へ前へと進む。

しばらくこの様子を見ていた若者は、〝嵐に向かって立てるか〟と問うた近藤勇の言葉を思い出していた。そして侍になる夢をもった頃を思った。

（殿様。おれはやっと夢をもつことができました。いいえ、夢の根っこになるもの、それは『何のために生きるのか』ということでした。わたしはそれをやっと掴《つか》むことができました。嵐に立ち向かって行く勇気は、目的をもったとき五体から湧き出てくるものなのですねえ。

私は大勢の人たちの役に立つ人になる。そのためにはどんな嵐にも立ち向かっていこうと思います）

「おーい……」

　誰かが若者の名を呼びながら近寄って来た。若者は振り向いた。若者の引き締まった顔が朝日に照らし出された。汗で光る若者の顔の鼻の脇《わき》には、黒く盛り上がったほくろが光っていた。それは医師になるため江戸へ向かう平太の姿であった。

　平太の小さな荷物の中には武雄に宛《あ》てた芳庵の手紙が、大事にしまいこまれていた。

第三部　医学界の維新《いしん》

一　平太の見た江戸

一八七〇（明治三）年九月、江戸に下り立った平太は、ここは日本なのだろうかと目を疑った。町ですれ違う人々の中には、平太が目にしたことのない衣類（洋装）を身にまとい、歩く姿があった。かろうじて頭のマゲで、かつては武士であったと、見分けることができた。あちこちと眺《なが》め回しているうちに、いつの間にか平太は築地の居留地《きょりゅうち》の波止場近くまで来ていた。

打ち寄せる波を前に、荷揚げのための広場があり、その前方にはどっしりとした煉瓦造《れんがづく》りの高い建物が肩を並べて建っている。木造の日本家屋しか目にしたことのない平太には、それが住居らしいとわかるまでには時間を要した。

建物の前を見慣れない服をまとった人が闊歩《かっぽ》し、黒い幌《ほろ》を付けた二輪の人力《じんりき》車《しゃ》が走っている。車に乗っている山高帽《やまたかぼう》の、髭《ひげ》をはやした偉そうな人。（乗っているのは日本人だろうか？）立ち止まって見回す平太の傍を、人力車が風を起こして通り過ぎて行った。

（こ、これは……）

平太はまるで動物のように跳んでいく人力車に茫然《ぼうぜん》とし、思わずため息をついた。そして走り去る車を目で追った。

この居留地は、条約を結んだ外国との貿易のため設けられた外国人の住居地《じゅうきょち》で、同時にそこは外国の文化の上陸する地点でもあった。戊辰戦争《ぼしんせんそう》で打ち拉《ひし》がれた会津から江戸に舞い戻った平太が、「日本だろうか？」と戸惑《とまど》ったのも無理はない。

（想像していた江戸とは大違いだ。府中や日野しか知らないのだから当たり前かもしれないが、ここには何だか得体《えたい》の知れぬ力（エネルギー）が息吹《いぶ》いている。この力は何だろう？

この地で、この得体の知れない力と戦うことになるのだ）
平太は武者震《むしゃぶる》いをした。「医師になる」と芳庵へ誓った会津の家を思い出した。
「よし！」平太は腹の底から唸《うな》るような声を出し、両手を力一杯にぎりしめた。
平太、十六歳の秋である。

平太は一刻も早く武雄に会いたいと道を急いだ。神田川を川っぷちに沿って上る。

黄色の葉をつけた柳が、秋の風にかったるく揺れている。向こう岸では軒に立て掛けられた木材が秋の日を浴びて白く光っている。和泉橋《いずみばし》を過ぎるとその木材も柳も姿を消し、大名屋敷と思われる白壁の屋敷と、屋敷に近く武士の住まいらしき家々が見えた。落ち着いたたたずまいを目にして平太の気持ちはなごんだが、居留地とは違った、よどんだものを感じた。

武雄の住まいは神田明神《みょうじん》の裏手にあった。地図を手がかりに、平太は昌平《しょうへい》橋《ばし》を渡った。湯島《ゆしま》の聖堂《せいどう》の門前に立った平太は、医師として成就《じょうじゅ》することを祈《き》念《ねん》し手を合わせた。

武雄は門前西町で町医者として開業している。玄関に入ると薬草を煎《せん》じる強い匂《にお》いが鼻を刺した。会津を後にして以来、久しぶりに嗅《か》いだ懐《なつ》かしい匂いである。

「おう立派な若者になったな」

座敷に入るなり武雄は懐《なつ》かしそうに平太に声をかけ、さっそく芳庵の手紙に目を通した。

「そなたは医師になる勉強をしたいとのこと……」

武雄は芳庵からの手紙を巻き戻しながら平太に問いかけた。

「医師になるには、まず医師の弟子となって、医学の稽古をしなければならない。薬種《やくしゅ》の刻み方、それに何よりも大事なことはその調合《ちょうごう》だ。病人の体の状《じょう》態《たい》を知って、その病人に適合した薬草を調合する」

（薬草の管理や煎じ方には十分に気を配っていたが、大事なことは病気を治す薬草を知って、それらを自分で調合できることなのだ）

武雄の話から平太は今まで深く考えたこともない、大事な部分のあることを知った。

「ところで、医師が患者に必要な薬種を知る手がかりは何だと思うかね。そこのところがしっかりと診断できていないと、治癒のための調合も手当てもできないだろう」

追討ちをかけるように、武雄は平太に問うた。

（なるほど、病人の病が診断《しんだん》できなければ調合も手当てもできないわけだ。わからない……）

平太は返事に窮《きゅう》した。

「病人から病状を聞いたり、観察したり、脈をとったり、まだまだあるが、それらを総合して医師は病態《びょうたい》を検知《けんち》する。そしていよいよ薬種を選び調合となる。

すべて体験と経験が必要なのだ」

「医師になるには、『医師の弟子になって医学の稽古《けいこ》をしなければならない』といった意味がわかったであろう」

武雄の話に平太はうなずいた。

「医師の修業には時間がかかる。それに、これで十分ということがない。命を預かるのだからな。厳しい修業の世界だ。どうだ学び通せるか」

武雄の言葉に、平太はまた大きくうなずいた。

部屋境の襖《ふすま》が音もなく開いた。武雄の妻さとが灯りをもって部屋に入って来た。釣瓶落しの秋の日は西に傾き、いつの間にか部屋の中は薄暗くなっていた。

「さと、修業先が決まるまでの間、平太を家へ泊めてやってほしい」

「ええ、ええ、なんの構いもできませんが、どうぞお気楽に」

にこやかな笑顔でさとは夫の頼みに応えた。

床の中の平太は、これから始まる未知の生活を考えると、気持ちの高ぶりを鎮めることができなかった。いくどとなく寝返りを繰り返した。

翌朝、寝坊をしてしまった平太は、母親を呼ぶ子どもの声で目を覚ました。子どもの足音がして、平太の部屋の障子が開いた。見知らぬ人を見て女の子はあわてて部屋から出て行った。武雄の一人娘つるである。

平太の存在を不思議に思っているのであろうか、つるは母親の後ろから顔をのぞかせ平太の様子をうかがっている。あどけないつるの所作《しょさ》を見て、

(松之丈はどうしているだろう。この子と同じ年ごろだ……)

平太は芳庵の元《もと》にいる松之丈を思った。そして松之丈の母親の遺体《いたい》に誓《ちか》った約束を思い出した。

(一日もはやく医師になって松之丈を引き取らねば……)

平太の医師になりたいという夢は、医師になるという決心にまで高まっていた。

武雄の待合部屋は昼近くになると、診察を受ける御家人や使用人の家族らしき患者で埋まった。患者の病状を聞き出しながら、また患部に触れながら一人ひとりの患者に接している武雄を、平太は瞬《まばた》きもせず見つめた。武雄の指示に従《したが》って、かいがいしく薬を調合する妻のさと。遅い昼食をすませると、薬箱を片手に武雄は往診《おうしん》に出かける。帰りは夕方になるという。平太の、武雄の手伝いの日が続いた。

（いろいろな病がある）

（この患者はどこを患っているのだろうか）

患者の中にいても、患者の訴えを聞いても、平太には何の病であるのか皆目見当がつかない。

夕食後、一日の診療を終え床に入ったかと思うまもなく、夜の往診依頼に叩き起こされることもある。何もかもが会津での経験と違いすぎることを、平太は思い知らされた。新しい生活に入って数週間はあっという間に過ぎた。その間、平太は毎日武雄の手助けに明け暮れた。

九月一四、一五日は神田明神の祭礼。神輿《みこし》が動き始めたのか、どよめきが波のように家の中まで入って来る。今日ばかりは診療も休みで、武雄も朝からゆったりと過ごしている。娘のつるにせがまれて平太は祭りに出かけた。

門前近くまで来たが大変な人出で動けなくなった。先を行く神輿の、そこだけ興奮が大きな渦を巻いているように見えた。

(こんな熱気を見るのは生まれて初めてだ。みな楽しいんだなあ、悲しい顔などは一つもない)

平太は会津で触れたものとは異質《いしつ》の、幸せに夢中《むちゅう》になった人間の姿を見たのであった。


隙間風《すきまかぜ》を冷たく感ずるようになった晩秋のある日、

「これからそなたを友人の土井氏に引き合わせようと思う。土井賢臣《どいけんしん》といってな。私と賢臣殿は浅田宗伯《あさだそうはく》先生の書生となって医師の修業をした。土井氏は宗伯先生の一番弟子として自他の認める医師となって、いま永富町《ながとみちょう》で開業している」

武雄の下《もと》で修業するものと思っていた平太は、一瞬耳を疑い、すぐには返事ができなかった。それと察《さっ》した武雄は、

「力量のある医師になるには、優れた医師の下で学ぶことが第一条件だ。私との間では甘えが出る。土井氏の下には常に幾人かの弟子もいる。他人の中で揉《も》まれることが大事だ。土井氏とは話がついている。いまから出かけるとしよう。荷物をまとめなさい」

よしのとつるに別れを告げた平太は、小さな手荷物を抱え込むと、先を行く武雄の後を追った。

「ここはちょっとばかり広くなっているだろう。『八辻ケ原』といってな、ここから八方へ通じる道が出ている。その一つの昌平橋を渡ると私の家に来ること

ができる」

神田川の両岸は低い岩場になっていて、押し合うように水が流れていた。

「目の前の広い住まいは青山上野守さまの屋敷だ、その左脇の狭い道を入る。ここさえ間違わねばぁとはたやすい」

武雄と賢臣の二人が、修業のため弟子入りした医師の浅田宗伯は、もとは信州の生まれであったが京都、江戸に遊学して、医学を修《おさ》め、やがて江戸幕府の奥医師となり将軍の脈をとるほどになった。明治の世となった今も(明治三年)〝漢方医は浅田宗伯のほかにはいない〟と言われるほど名声を得ていた。

「宗伯先生と芳庵先生は、江戸で共に医師をめざして修業された仲で、私は芳庵先生の紹介で宗伯先生の弟子入りが叶った。そうでもなければ、私など相手にはしてくれない」

「そなたの精進次第では、土井氏が宗伯先生に紹介してくれるだろう。江戸で開業するには宗伯先生のお墨付きのあるとなしとでは大違いなのだ」

浅田宗伯という有力な漢方医のいることを平太は初めて知った。

（その宗伯先生に教えを乞うことができるかもしれない）平太はいそいそと武雄に続いた。

辺りはいつの間にか、民家の立ち並ぶ狭い路地になっていた。騒ぎながら走りまわっている子ども。子どもを呼ぶ甲高い母親の声。平太は遊びまわった子どもの頃を思い出し、懐かしく思えてならなかった。晩秋にしては珍しく暖かい日差しの路地を、武雄と平太は歩いて行った。

二　漢方医学と洋医学

江戸城に近い神田界隈《かいわい》は、地方大名の江戸屋敷が集まり、御家人やその家族、使用人が住んでいる。また聖堂《せいどう》や幕府の学問所もあり学問の府でもあった。

土井賢臣の住む神田永富町は、神田川の南方向にあり、この一帯は町人の住まいが多かった。近くには堅大工町、横大工町、鍛冶町などの町名から察《さっ》せられるように、職人の多いところで、さらに南へ神田堀《ぼり》近く進んでいくと、鎌倉《かまくら》河岸《かし》沿いには大きな商家が並んでいる。酒屋の豊島屋などは安さが評判で、わざわざ堀から上がって船頭が酒を飲みに立ち寄る。野菜などの荷を運んで来る者も店前でわいわい騒ぎながら酒を飲んでいる活気のある町であった。

診療を終えた賢臣は、二人を部屋に通した。

「ほーう見応《みごた》えのありそうな人相《にんそう》をしておるな。それにほくろがいい」

賢臣は初対面で平太のほくろに目をつけた。

（あっ、ほくろを誉めてくれた……）

やがて十七歳になる平太の顔は若者らしい精気にあふれ、鼻の横のほくろは、存在を示すかのように、でんと鎮座《ちんざ》していた。

早く両親をなくした平太は鼻っぱしらが強いくせに、常に淋《さみ》しさが心の内に沈殿していた。そのせいか、自分の存在に気がついてくれる人には無条件の信頼をもった。

賢臣の医療所は「角の治療所」と呼ばれていた。賢臣夫婦には香代、佐代という十五歳と十二歳になる女の子がいる。家族以外には蓑助、籐次郎という二人の医師修業の若者がいた。蓑助十九歳、籐次郎二十歳、ともに平太の兄弟子になる。

診察室の脇の八帖《はちじょう》の部屋が二人の住まいで、平太もここに同居することになった。平太は小さな荷物を部屋の隅に置き、兄弟子たちに挨拶をした。

「一晩中疼《うず》いて寝られたもんじゃねえ」
「留、そんな格好で今日も仕事に行くのかー」
「仕方あんめえ。おれが働かなきゃあ、おまんまの食いあげよ」
「よんべから歯が痛んでよう。これじゃ仕事どころじゃねえ、どうにかしてもらわにゃ」

治療所の朝は早くから賑わしい。新米の平太は待合の部屋を開け患者を中に入れる。

忙しい一日が始まった。

（まったくいろんな病人がいるものだ）平太は芳庵先生や武雄の下では触れることのなかった患者に接し「山よりも高く海よりも深い」と言った芳庵の言葉を思い出していた。

賢臣は漢方医でありながら、診療所は薬草を煎じる匂いがあまり強くなかった。職人の住まいが多いせいか、怪我・打撲《だぼく》・骨折《こっせつ》・腰痛《ようつう》などの患者が多く、練り薬や膏薬《こうやく》の準備に忙しい。足場から落ちて荷車で運ばれてくる患者もいる。

通院できない患者には午後からの往診《おうしん》となる。蓑助に代わって平太が薬箱を持って賢臣の供をするようになった。急患で夜中に呼び起こされ、往診《おうしん》するときは、平太も飛び起き急ぎ供をした。

平太は健康には自信はあるが、賢臣や武雄のようにどのような病人にも、自信をもって治療ができるようになれるだろうか。不安でならなかった。

「おい平太、八口（八辻ケ原）知ってるだろう。あそこで柿を買って来い。うんと早く行くと、水菓子（果物）の朝市が出ているからな。熟したのがいいなあ。八口まで行かなくったって、手前の多町だって野菜にまざって、水菓子の朝市が出ているはずだ」

床の中から兄弟子の蓑助が声をかけた。

診療所の戸を開ける前に、平太は八口に走った。狭い道に初めて見る果物や野菜などが並んで売られている。緊張した毎日の生活から離れた世界に浸って、平太は何とも言えない安堵《あんど》を覚えた。

「おい蓑助、今日あたり丹前風呂《たんぜんぶろ》（丹後殿前の風呂）に行ってみないか。平太も連れてさ」

「田舎者の平太のこと、きっと驚くよ。あんまり刺激を与えないほうがいいんじゃないですか」

「だからと言って、置いていくのも不自然だろう？」

以前は、丹前風呂へ通う常連をハイカラ者と言い、一目見てそれとわかる髪や服装をした男が自慢気《じまんげ》に歩いていたが、維新後《いしんご》は、見慣《みな》れない洋服で、チョンマゲを落とした男の姿が多くなっていた。靴《くつ》でぎごちなく歩く姿を見て町の人は、「ご時勢《じせい》よなあ」と頷《うなず》き合うのだった。

蓑助も籐次郎も新しい文化に触れたかったし、久方ぶりに湯女《ゆな》の醸《かも》し出す妖《あや》しい雰囲気に触れたかった。誘われた平太は、屏風を背にして格子前に並び、三味線を弾きながら唄を歌っている二、三十人もの艶《なまめ》かしい女性に圧倒され息苦しくなった。

以来、丹前風呂で見た艶《つや》やかな女の姿が平太の頭から消えない。使いの帰りに遠まわりをして気分を晴らす日が多くなった。艶やかな女を見ながら通り過ぎるだけであったが、これまでに経験したことのない熱いものが、若い平太の体中を駆け巡った。

そんなある日、

「トシ！　おれにはトシがいる」

平太は若い頃、五兵衛新田の名主の家に将来を口にした女がいることを思い出した。

（どうしているだろう。別れて以来音沙汰《おとさた》なしになっている。元気でいるだろうか）

平太は急にトシに会いたくなった。次の休日、一刻も早くトシに会いたいと、朝食もそこそこに家を出た。

神田川から隅田川《すみだがわ》に出ればそのまま舟で綾瀬側に入ることができる。そのうえ綾瀬川すじは舟の行き来が盛んなため、思ったより早く五兵衛新田の舟着場《ふなつきば》に着いた。土手をかけ上がり名主の家をめざして走った。屋敷堀の一角に覚えのある木戸が見えた。木戸を潜り抜け平太は使用人部屋に向かって急いだ。

屋敷まわりをあちこちと見まわっても、いくら待っていてもトシの姿はない。下働きらしい男の話ではあの事件の後「こんな物騒なところには置いとけねぇ」と言って、トシの父親が在所に連れ帰ったと言う。いないと知った平太は会いたい思いを一層募《つの》らせ、トシの在所を聞き出すやいなや木戸を飛び出して行った。

会いたい一念でトシの姿を追った平太であったが、トシの母親から聞かされたのはトシはすでに母親になっているという事実であった。

平太は急に体中から力が失せ、へなへなと道端に座り込んでしまった。孤独には慣れているはずの平太であったが、なぜか今日の平太の人恋しさは募るばかりであった。やがて暗くなった道を平太はとぼとぼと家路に着いた。

自力では抜け出せそうにない体の中を駆け巡る熱が、一体何であるのか、平太にはわからなかった。

その後も、休日の度に平太は二人の兄弟子に声をかけられ、町を出歩いた。ときには浅草までも足をのばした。

(東京はいい。悩んでいるひまなどありゃしない)文明開化に向かって走り出していた東京の町は、若い平太の心をいろいろに揺《ゆ》さ振《ぶ》った。

「平太、今日は先に帰れ!」

時には平太だけ先に帰らされる。そんな時は必ず二人は朝方早く帰ってくる。そして思い出しては楽しそうに淫《みだ》らな話をする。平太と目が合うと、兄弟子たちは、

「これも医師としての修業だ。どうだ平太もお供をするか?」

「女のことだって十分に知らなきゃ医師にはなれぬぞ」と、平太をからかうのだった。

未知の世界への興奮は大きかったが、のめりこんでしまいそうな自分が平太

は恐かった。

(早く医師になりたい。腕のいい医師にならなければ)

トシへの思いを果たせなかった平太は、いっそう「医師になるんだ」と己《おのれ》に言い聞かせ邪念《じゃねん》を払った。しかしそんな戒《いまし》めにもかかわらず、庭から聞こえてくる香代と佐代の明るい笑い声を耳にすると、若い平太は胸の高鳴りを押さえることができなかった。

一八七一(明治四)年正月二日。平太は東京での初めての正月を迎えた。今日は浅草に出かけることになっていたが、武雄が来訪するため平太は出かけることを取り止めた。

蓑助と篠次郎は香代と佐代の供をして浅草の観音さまに出かける。落ち着かない気持ちで平太は四人を見送った。

「どうだ! 少しは慣れたか」

武雄の声に我に返った平太は、思わず「はい」と答えていた。

「久しぶりだ、平太もここにいなさい」

賢臣に言われた平太は、すぐに賢臣の用が足せるようにと隣室で控えた。廊下のほうから香代の明るい笑い声がした。平太は思わず立ち上がって廊下に出た。だが香代の姿はなかった。

(いるはずはない。観音さまに行ったんだものなぁ)

平太はしおしおと座敷に戻った。

「維新とは言うものの、世の中すっかり変わりましたなあー。きのう用事で居留地まで行ったのですが驚きました。話には聞いていましたが実にどっしりした建物が建っていて、それに洋装とか言うらしいのですが、花が咲いたようなご婦人方《ふじん》が歩いている。これから世の中はどのようになっていくのでしょうか」

武雄の声が聞こえた。しばらく沈黙が続いた。

「これからは他国の文化や学問が、どんどん入ってくるでしょう。医師の世界も変わっていくことでしょうなあ」

「ところで松本良順《まつもとりょうじゅん》先生が早稲田《わせだ》に、私立の蘭方《らんぽう》の医院を建てられたとか。聞いていませんか」

矢継《やつ》ぎ早《ばや》に武雄が尋ねた。

「良順先生は幕府の命を受け、長崎で蘭学を学んだお方。幕府の解体などなかったら、おそらく幕府の後押しで西洋医学を広めていたことでしょう」

「西洋医学のことでしたら一昨年(明治二年)、明治政府によって医師を育てる大学東校が設立されたと聞いていますが。そこではさかんに研究が進められているとか」

「実はそのことですが、明治新政府は大学東校に刑死体を送って、自由に研究をさせているそうです。話によると昨年だけでも、四十九体もの解剖が行われたと聞きました」

「四十九体とはまた大層《たいそう》な……」

「幕府はせいぜい一体。それもいつまでも待たされる。大きな違いです。人体の仕組みを知ったうえで医療に携《たずさ》わりたい。武雄殿の思いも同じでござろう」

賢臣と武雄の会話を聞き、平太は医師の世界にも維新とやらが始まっているのではないかと思った。そして、

(人体の仕組みを、この目や頭で確かめたい)と思った。

「おめでとうございます。本年もどうぞよろしく」と挨拶しながら妻女《さいじょ》のすみが、酒肴《しゅこう》を手に部屋に入って来た。

「平太もこちらへ来なさい」

控えの間で正座している平太に賢臣が声をかけた。平太はおそるおそる二人の師の傍《かたわ》らに進んだ。

「平太が私たちの歳になる頃は、医学はどのように変わっているのでしょうか」

「まったく日進月歩ですからなあ」

「ところで宗伯《そうはく》先生はご健在でいらっしゃいますか」

武雄が尋ねた。

「相変わらずのお元気で。さすが先生の信頼は不滅《ふめつ》ですなあ。うちの患者の話では病気回り（往診）の先生のお籠を、よくお見受けすると言っていました。なんと言っても、漢方はわが国の医学を、千数百年の大昔から支配してきているのです。そう簡単に消退するはずはありませんよ。先生は『漢方こそが人の命を守り得る』と漢方医学の推進、高揚に今まで以上に力を注いでおられる」

二人の話に、平太の心配は少し薄らいだ。


武雄たち漢方医の心配も無理はない。文明開化の呼び声に合わせたかのように医学の世界にも変動の波がひしひしと押し寄せていたのである。漢方医学か蘭方医学かの問題である。一七七四（安政三）年、『解体新書《かいたいしんしょ》』が刊行されて以来、蘭方医学の隆盛《りゅうせい》とともに西洋医学が次第に勢いを得るようになったのは確かで、それによって長く続いた漢方医学が圧迫《あっぱく》を受けるようになったことも確かであった。しかし蘭方医学はそれほど信用されて、急速に普及していったのではなかった。

蘭方医が将軍家の奥医師として登用されたのは、一八六九（安政五）年からであり、外科《げか》手術をのぞいては漢方も蘭方もそれほど優劣《ゆうれつ》はなかった。現に、一八七一（明治四）年になっても蘭方医学はまだ医学の主流にはなり得なかったのである。

この年は、洋医学（ドイツの医学）が、蘭方医学にとってかわろうとしていた時期でもあり、新政府は十一月には廃藩置県《はいはんちけん》を行い、中央集権的権力《ちゅうおうしゅうけんてきけんりょく》の成立に向かって一歩足を踏《ふ》み出した時でもあった。医学の問題はそんな不安定な時代背景の中にあった。

三　迷い

文明開化の嵐は武士の頭のマゲを切り捨てたことから始まった。洋装が流行し、人々は流行に遅れまいと競って洋服を着た。取っつきやすいところから始まった庶民の文明開化によって、町を歩く人々からは士・農・工・商のかつての身分の違いはわからなくなっていた。

また汽車や馬車が輸入され、人力車が発明されて交通機関の発達も目覚ましかった。

初めて目にした自転車にみな驚いた。なかでも煙を吐《は》いて走る汽車の噂は騒々《そうぞう》しかった。

銀座にガス灯が灯《とも》った話を患者から聞いた平太は、銀座に確かめに出かけた。

大勢の人がガス灯の下に集まり、その明るさに感嘆《かんたん》の声を上げていた。真っ暗な空に灯るガス灯に平太はこれも文明開化なのかと感心した。

「男はみな戦争に行かねばならぬらしい」

「まだ、戦争をするのか……」

「どうも、明治のご新政に反対している者を討つためらしい」

こんな噂が広がった。

一八七三（明治六）年、明治政府が公布した徴兵令に国民は驚いた。

「いやあー、もうすでに陸海軍などの役割だって決まっているらしい」町に噂が広まった。

（そう言えば、良順先生はたしか、初代陸軍軍医総監《しょだいりくぐんぐんいそうかん》とかになられたと聞いたな）

賢臣は二、三日前宗伯から聞いた話を思い出していた。そして、噂が一つ、また一つと現実のものとなっていく様を感じとり、疑心暗鬼であった漢方医学の行く末も暗示されているように思えた。それでも一八七四（明治七）年、未だに漢方医と洋方医の割合は八対二であり、漢方医学の信頼には根強いものがあった。

しかし間もなく賢臣の心配は現実のものとなった。

一八七六（明治九）年『医術開業試験法』が発布されたのである。この時、平太二十二歳で賢臣の下で医師の修業を始めてから六年になる。

「患者の病はすべて医師の五感によって感知される。四診と言ってその一つは視診。患者をよく観察することだ。顔色は勿論《もちろん》のこと目、舌、爪の色も病気を知る手がかりになる。二つは患者に病状を聞く（問診）ことだ」

（教えてくれるのを待つのではなく、盗みとるのだ）と言った武雄の教えを、平太は実践《じっせん》し、賢臣の一挙手一投足《いっきょしゅいっとうそく》、一言半句《いちごんはんく》をも聞きもらすまいと、神経を巡らす日が続いていた。平太の向上は師の賢臣も驚くほどであった。一番弟子の篠次郎が父親の急な他界で、去年の春、山梨の生家に帰った。その後蓑助も平太も賢臣の代診ができるほどになっていた。『医術開業試験法《いじゅつかいぎょうしけんほう》』の発布を知らされたのは、二人が漢方医《かんぽうい》としての力をつけ、自信も付き始めたときであった。

今日も師の賢臣はいつもと変わりなく診療を続けている。蓑助も平太も、耳にした開業試験についてそれほど大きな心配は抱いていなかった。

明治政府は地方住民の医療要求《いりょうようきゅう》に応《こた》えるために、病院設置を急いだので、一八七四（明治七）年頃には病院のない県はほとんどなくなるまでになっていた。こうなると医師の需要《じゅよう》は必然《ひつぜん》であり東京、長崎の他に千葉、鹿児島、金沢、名古屋、岡山、京都、大阪、新潟などにも医学教育の機関《きかん》ができた。そんな社会情勢の中での医術開業試験であった。

ところで公布《こうふ》された試験の内容であるが、必ず『物理学、科学、解剖学、生理学、薬物学、内科、外科の大意について』とあった。大意とは言え、漢方医学のみ学んだ者にとっては不利な開業試験であった。

「漢方医専門でやってきた者は、まったく手に負えないらしい」

「このままでは開業できない」

「今までの修業は何だったのか」

医師の弟子となり、そのための修業をしてきた者たちは、厳しい岐路に立たされた。日増しに高まってくる噂に、蓑助も平太も動揺した。

医術開業試験法は、洋医学の普及がはかばかしくないためにとった、洋医学者たちの強硬《きょうこう》手段であった。相良知安らが立ち上がって政府を動かしたのである。

平太と蓑助は床に入るといつまでも開業試験について話し合った。すぐには実施されないとしても、噂は必ず現実のものになる。今までの修業は何だったのか。蓑助も平太も医師としての将来に見通しがもてなかった。

「浅田宗伯先生が先頭に立って、漢方医学によっても開業が許可されるようにと、『温知社』という団体を作って政府の方針に対抗《たいこう》しておられる。勿論《もちろん》わたしたちも立ち上がっている」

賢臣の言葉に安心する二人であったが、「難病《なんびょう》を治したそうな」などと洋医学の評判を耳にすると、やはり焦りがつのった。

「近い将来、医師免許規則《いしめんきょきそく》が成立するのは確からしい。そうなると制度上、漢方医の存在は難しくなる。いや最後の希望は断たれることになる」

賢臣の診療所に集まった漢方医たちの話を、それとなく耳にした二人は、いよいよ身の振り方を考える時が来ていると察《さっ》した。

「平太、君《きみ》はどうする。わたしはここへ残りたい。残って漢方医を続けたい。今まで学んだことを捨てて、新しい学問に入ることは、わたしにはできない」

(今まで学んだことを、すべて捨ててしまうことになるのであろうか?)

平太は返事ができなかった。

(なぜ、今までの医学ではだめなのか。長い年月、患者の命を救ってきた医療《いりょう》が、なぜ今になって……）平太は信じられなかった。

（漢方医学の医療には、不足なものがあるのだろうか）

（それとも世間の噂《うわさ》のように、政府のいやがらせなのだろうか）

蓑助の問いに、平太は結論を出すことができなかった。


庭先で香代と蓑助が立ち話をしている。香代の楽しそうな笑い声が聞こえた。

（蓑助には香代さんがいる。先生のあとを継ぐかもしれない）

（このままではとり残される）

焦りが平太を襲った。

翌年、平太は開業試験を受験したい気持ちを賢臣に伝えた。

「そなたは将来腕のいい医師になるとわたしは楽しみにしていた。しかし医学もこれからは変わっていくであろう。そなたはまだ若い。これからいくらでも勉強ができる。そなたが望むのであれば、それはそれでいい選択《せんたく》だ」

賢臣は平太に言った。武雄も賢臣と同意見であった。

平太は賢臣からもらった蘭学の医学書を開いた。ところがそこに何を書いてあるのか、人体の解剖図にどんな説明がついているのか、平太は一字も読めない。今まで触れたことのない学問の世界に平太は驚愕《きょうがく》した。

(病気ということに関して根本的な違いがあるのではないだろうか)

平太は、漢方も蘭方も洋学も、ともに医療行為であるが、人間の体の理解について違いがあるのではないかと思った。

(人間の体の中はどうなっているのかを知りたい……)

人体解剖図を見た平太の驚きは、好奇心となって頭の中を駆け巡った。

(あの文字が読めなければ……。読めなければ……)

(まずあの字を読むことからの出発だ。自分にできるだろうか……)

平太は不安を感じた。何から、どのように手がけていけばいいのか見当もつかなかった。

(でも新しい勉強をしたい。あの医学書を読みたい……)

平太はいつの間にか神田堀の岸に立っていた。

(水の流れはいつも前へ前へと流れている、わたしは迷いに迷って淀《よど》んでいる)

平太は岸に座り込み水の流れを見つめた。

その時「けが人だ!」「大変だあ!」と騒ぎながら走っていく数人の男を目にした。

駆け寄った平太は蹲《うずくま》った老人を見た。石につまずいて転んだと言う。平太はいつの間にか患部らしき老人の腕を診《み》ていた。老人の右腕は骨折《こっせつ》していた。接骨《せっこつ》の腕前は賢臣から認められている。平太はその場でてきぱきと接骨の治療を行い、木切れを拾って副木とし、布を切り裂いて患部に巻きつけた。

「治るまでには日数がかかる。近くの医師に診てもらうように」

言い捨てると平太は急ぎ帰路《きろ》に着いた。

あたりはすっかり暗くなっていたが平太はなぜか満足感に満たされ足は軽かった。それは今し方まで迷っていた平太ではなかった。

（わたしはやはり医師になる。今までの修業は無駄ではなかった。わたしはやはり医師になる。新しい学問も身につけた医師になるんだ）

平太は迷いのトンネルから抜け出たような気がした。

それでもなお蓑助と二人きりになると蓑助の選択にも心が引かれた。そのたびに昼間目にした人体解剖図を思い浮かべ、思いを新たにするのであった。

平太二十三歳の春である。

四　山に誓《ちか》う

会津への道は遠かった。一刻も早く芳庵に会って、迷う心の内を話したい平太には、会津がことさら遠く感じられた。

戊辰戦争《ぼしんせんそう》の負傷者が去り、平太もいなくなった後、芳庵は松之丈と二人で西《せい》軍墓地《ぐんぼち》近くに住んでいた。


初夏の心地よい風を感じながら、平太は地図をたよりに芳庵の家を探した。七年ほどたった会津の復興《ふっこう》は進んではいなかったが、平太の知っている血みどろ、瓦礫《がれき》の会津ではなかった。連山は何事もなかったように、青々と空にそびえていた。平太は会津の空気を腹いっぱい吸い込んだ。鬱積《うっせき》したものが大気に飛び去った。


七年ぶりの再会である。想像以上に老けている芳庵に、平太は胸が痛んだ。

「おう、よう来た。元気そうだな」

芳庵は目を細め顔中を皺《しわ》にして、平太との再会を喜《よろこ》んだ。

「まあこんなあばら屋だが、ゆっくりしていくがよい」

芳庵は今でも病人の治療を施《ほどこ》しているという。

座敷に上がった平太は、長年の無沙汰《ぶさた》を詫《わ》びた。

「ところで江戸での勉学はどうじゃ。進んでいるかな」

平太は人体解剖図と臓器《ぞうき》らしき図を目にした驚きを芳庵に告げた。

「私は人間の体について深く知りたいのです」

熱っぽく語る平太の言葉に芳庵は熱心に耳を傾けた。

さらに、医師の資格を得るためには、何が何でも試験に合格しなければならないこと。合格するには洋医学を学ばねば不可能であること。そして近く「医師免許規則」が発令になるらしいことなど、かいつまんで芳庵に話した。

「なるほど、さすが江戸じゃのう。医師の世界にも維新の波が迫っているということじゃのう。ところで武雄はどうしておる」

「武雄先生は今までどおり漢方医の知識、経験を生かし、医療を続けると言っておられました。先生にはたくさんの患者さんがいます」

「それで、そなたはいかにするつもりなのじゃ」

平太は迷い続けていて、決心が揺れ動くことを芳庵に話した。

「七年もの間、賢臣どのの下で漢方医としての修業をしたのだから、迷うのも無理はない。ここで平太が新たに洋医学を学んだとしたら、はたして平太の言うようにゼロからの出発になるであろうか？」

「………」

「これまでの漢方医としての知識や治療法など、平太の五体にしみ込んでいる。これは拭《ぬぐ》っても拭っても消えるものではないぞ」

平太は、思わず飛び出して施《ほどこ》した、神田堀での老人の接骨治療を思い出した。

（そうだ。あの時骨折とわかると、手が自然に動いていた。そして接骨していた……）

「病人にとっては漢方も洋医学もない。痛みを和らげ、命を救ってもらいたいのだ。病人のための医術である。『漢方では治らなくて、洋医学であったら治るというのか？』病を治癒《ちゆ》するということはそんな簡単なものではない。平太は若い。この際、ゼロから洋医学をみっちり勉強するといい。今日まで、漢方医学で学んだことは決して無駄《むだ》ではない。目的はただ一つ『患者を助ける』ここにある。両方の医学を身につけたことがいかに素晴らしいことであるか、いずれわかるであろう。

それにその『免許規則』とやらは、発令されているわけでもなかろう。座して発令を待つのは愚《おろ》かなこと。先手必勝《せんてひっしょう》という言葉がある。どうじゃな。もう一つ。維新の波は大波となるであろう。医師の世界とて特別ではない。波に巻き込まれると、後に戻ることはできない」

平太は芳庵の力強い言葉を久しぶりに聞き、頭の中が整理されたようであった。

「しかし洋医学での受験とは、平太にとってかなり厳しい道になるであろう。しかしお前は若い、ここが踏ん張りどころだな」

「……」

（私は受験という嵐に向かって立っている。そうだ嵐に向かって立っているんだ！）

芳庵の言葉を得て、平太は久しぶりに闘志が湧いた。

平太は松之丈の姿がないことに気がついた。

「松之丈は猪苗代《いなわしろ》へ使いを頼んだ。わしも年をとったので近く身内のいる猪苗代のほうに越そうと思うてな」

「……」

「ところで松之丈のことじゃが、いつの間にかあの子も十三歳になった。利発な子じゃ。あの若さでわしの供をする必要はない。東京で学ばせたいと思っているのじゃが、今のわしには何もできぬ。そこでわしの死んだ後引き取って、あの子を一人前にしてはくれまいか。

今すぐにとは言わぬ。平太にはこれから厳しい勉学が待っている。頭の隅に置いておいてほしい」

「松之丈の母御と約束しました。わたしはきっと迎えに来ます」

平太は芳庵に約束した。


平太は七年前、〝人助けのできる人になりたい〟と決心しその思いを誓った会津の連山を見た。

「私は多くの患者の命を救うため洋医学も勉強したい」

「多くの患者の命を救える医師となりたいのだ」

山々は今日も青空にくっきりと浮かんでいた。その稜線《りょうせん》は、迷いが完全にふっ切れた平太の気持ちと重なった。

第四部　夢に向かって

一　医師への道

「医学書が読めるようになる」。このことをまず手がければと、平太は焦ったが、そのためには何をどうすればよいのか、そこから先は見当もつかなかった。意気込《いきご》みだけでは一歩も踏み出せない現実に、平太のいらだちは膨れ上がっていった。

「医師免許を取得するには、医学専門の学校で学ぶのが早道かも知れないなあ」と、武雄から聞いた平太は、初夏のある日賢臣《けんしん》に一日の暇をもらって、神田和泉《いずみ》町《ちょう》の大学東校を訪ねた。

この学校は、十九年前（一八五八年）江戸在住の蘭方医八十二名の拠金によって開設された種痘所《しゅとうしょ》が前身であり、蘭方医たちが集まって研修する場所でもあった。やがて種痘の効果は幕府に認められ、その三年後（六一年）種痘所は西洋医学所と改称《かいしょう》され、医者の教育機関としての役割をもっていた。西洋医学発祥の地であった。しかし幕府の解体により一八六八（明治元）年に閉鎖《へいさ》されたが、翌六九（明治二）年、江戸鎮台府《えどちんだいふ》によって復活し、旧幕府の医学館とあわせて大学東校と改称されて、再び医学を学ぶ書生を教授する学校となっていた。

平太は西洋医学の本山へ、学ぶ手がかりを求めて和泉町を訪ねたのであった。

神田川は満々と水をたたえ、ゆったりと流れている。筋違い橋を過ぎると幾《いく》棟《とう》かの籾倉《もみぐら》が続き、そこを通り過ぎると和泉橋であった。歩き続けた平太の顔も体も汗でぐっしょりと濡《ぬ》れている。小さな葉を涼しげにつけた川縁《かわべり》の柳並木が、焦《あせ》るんじゃない、焦《あせ》らずともよい、と語りかけるかのように暑さでうだっている平太にそよ風を送った。

医学所は和泉橋を渡ってすぐの所にあり、広大な学問所であった。それもそのはず藤堂家屋敷跡である。塀に沿って歩いていた平太は、とある入り口から所内に入った。中は広場になっていて樹木の陰で本を読んだり、議論をしている書生の群れがあちこちにあった。なにやら活気が伝わってくる。平太の胸は騒いだ。

木陰にいる書生に平太はこの学校に入るにはどうすればよいか尋ねた。

「基本の学問を学び、試験に合格することだ」と言う。

試験を受けるためのテキストを書生は教えてくれる。書き止めておかねばと思いながらも平太は聞いたことを、すぐに文字にすることはできなかった。

「医師になるための学校はここだけではない。お茶の水橋を渡ったすぐの所にも医師養成《ようせい》の学校がある。またそれぞれの地方にも、医学を学ぶ学校ができたそうだ。とはいえ、その学校に入るにはいずれも何らかの試験はあるはずだ」

「医学校で学ばなければ、医師にはなれないのですか」

「そうだなあ。医師になるには医師養成の学校で学ぶか、そうでなければ開業医の書生となって医師としての力をつけることが求められている。しかしこの場合は開業試験に合格しなければ開業は不可能なのだよ。医学校を終えた者には開業試験は免除《めんじょ》なのだ」

「……」

（わたしは、読み書きすら十分にできない……）

激しい失望が平太の全身をまた走った。

平太は昌平橋を過ぎたのも気づかず思いに耽《ふけ》って歩いた。水の流れの音に足を止めた。そこは断崖百尺《だんがいひゃくしゃく》と言われている御茶の水の縁《ふち》であった。恐ろしいほどの断崖《だんがい》の下に川の流れがある。川に向かって木々の枝が頭を垂《た》れ、流れは砕《くだ》けよとばかりの勢いで岩にぶつかる。それでも岩はびくともしないで正面から水とぶつかっている。

その様《さま》をぼんやり見ていた平太には、水が〝これでもか〟〝これでもか〟と岩に挑《いど》んでいるように思えた。そのとき、〝嵐に向かって立つことができるか〟と声がした。平太は思わず振り返った。

「嵐に向かって……。そうだ、文字が読めないということは、私にとって嵐なのだ。嵐の前に立っていることなのだ！」

（あの岩も、やがては水に削《けず》られ、周りの岩のように姿が変わっていくのだろう）

しばらく眺めていた平太は、ふと我に返った。

（働きながら勉強するには書生になって西洋医学を学ぶしかない。何年かかるかわからないが、あの水のように挫《くじ》けずぶつかって行けば、医師としての力はついてくるだろう。開業試験のことはその次の、次のことだ）

平太は迷いを払拭《ふっしょく》した。

（もう迷うことはない）家路を急ぐ平太の足は軽かった。

翌日平太の決心を聞いた賢臣は、知人の西洋医小川公明《こうめい》に平太を引き合わせた。

公明は小石川林町で診療所を開業している。若くして西洋医学を学び長崎に遊学《ゆうがく》していたという。神経質で厳しい師を想像していた平太は、どっしりとした公明に接し、温和な話しぶりに、親とも慕う芳庵を彷彿《ほうふつ》と思い浮かべた。

（この先生に教えを受けたい）初対面で平太は強い願いをもった。

目ざとく平太の鼻の脇のほくろに気がついた公明は、思わず言葉を飲み込んだ。

（この若者はいつぞや神田堀岸で見かけた。あの見事な接骨の腕を持った若者！）

危うく声を出すところであった。

「賢臣殿のところで医学を学んでいるとか。またどうして私のところで？　何を学びたいんだね」

公明は平太に問うた。

「今のままでは医師になることはできないと聞きました。私はどうしても医師になりたいのです。ならねばならないのです」

「医師になりたいために私のところにきたと？」

「はい。医師の免許がなければ病人を診《み》ることはできなくなると聞きました」

「今までに身につけた医療の技術で十分に役立つと思うが……」

「私は病人の苦しみを和らげてあげたいのです」

「西洋医学であれば、どのような病人をも治癒できると思っているのか……」

（芳庵先生にも同じことを問われたなあ）平太は臆《おく》せず、

「いいえ、漢方医学で学んだこと、西洋医学で学んだことを駆使《くし》して、一人でも多くの患者の命を救ってあげたいのです。苦しみを和らげてあげたいのです」

心のうちを公明にぶちまけた。


平太は公明のもとで書生になることが許された。

（一生懸命に働くんだ）朝早く目覚めた平太は久方ぶりに太陽に向かって深呼

吸をした。小川診療所には軽傷の手術に備えてと思われる小部屋がある。書生になって二日目、初老の病人が若い男に担ぎこまれてきた。住み込みの先輩の書生は折悪《おりあ》しく出掛けていて不在であった。

「平太、手術になる。ここにある器具を今一度消毒しなさい」

「そなたの手をまず消毒する。白衣をつける」

病人を診察した公明は新米の書生にてきぱきと指図した。平太は夢中で公明の指示に従った。迷う余地のない緊迫《きんぱく》した空気が流れた。

「平太、動かないようにしっかりと押さえておくのだ」

公明の張《は》り詰《つ》めた指示を受け、平太は病人の胴体《どうたい》を押さえ込んだ。病人の右の太ももの付け根近くが見事に赤く腫《ふく》れあがっている。

医学界では、すでに麻酔《ますい》は取り入れられてはいたが、完全なものではない。メスを入れた瞬間初老の男は悲鳴をあげ体を持ち上げた。

「しっかり押さえろ！」

平太は男に覆《おお》い被《かぶ》さった。男は苦痛に呻《うめ》いた。先生は何をしているのか。どのような治療や手当がなされているのかわからないまま手術は終わった。いやに長く、恐怖《きょうふ》に包まれた時間であった。平太は思わず大きく深呼吸をした。皿にはたくさんの血膿《ちうみ》があった。

(あの治療が西洋医学のやり方なのか……)

手術を終えた患部は糸で縫合《ぬいあわ》されている。

(生身《なまみ》の体を縫い合せるとは……)

平太は大胆《だいたん》とも思える治療に驚いた。

興奮《こうふん》の一夜は明けた。翌朝、醒《さ》めきらない目覚めの中で(あのような病人に漢方医学ではどのように治療をしていただろう)平太は思い起こしてみた。

(賢臣先生は患部が完全に化膿《かのう》するまで薬草を貼り続けた。膿《うみ》の固まりがすぽっと出てしまったあとは化膿止めの薬草を使った。膿をヒルに吸い取らせることもあった)

（病気は患部を取り除いたら治るのだろうか）このことは平太の驚きであり疑問でもあった。

先輩が不在であったため、平太は入門早々から手術の手伝いをするはめになり、西洋医学への扉を開いたのであった。この時の驚きが人体の仕組みを知りたいという欲望をいっそうつのらせた。

平太の底知れない興味や関心の大きさは、外国語が読めないどころか、自国語すら満足に読み書きできない平太にたえず付きまとっていた不安や、抵抗感をも忘れさせた。そんな平太に公明は次々と医学の資料を渡し、質問に答えてやり、積極的に治療にもかかわらせた。

「そなたは目が生き生きとしてくるほどに〝ほくろ〟もいい艶《つや》になってくる」

ある日、大きな伸びをしながら公明が傍の平太に言った。

不意の言葉に平太はとまどいながら「いい艶になったでしょうか？」と答えた。

近藤勇の〝男になったらほくろが光ってくる〟と言った言葉を思い出し、(俺もやっと男になれたんだ)と満足が充満した。そして「海よりも深く、山よりも高い」と学問の深遠を諭《さと》した芳庵の言葉を思い出し、(もっと頑張らねば!)と自分に言い聞かせた。

公明の書生となって一年過ぎた。平太にとっては、あっという間の修業期間であった。

病人への問診や聴診《ちょうしん》、触診《しょくしん》に公明は丹念《たんねん》である。平太はより磨《みが》きをかけようとできるかぎり師の手伝いをして、技を学びとろうと努力をした日々であった。

平太の接骨治療については師の公明は神田堀岸での手際《てぎわ》のよさを見ている。また前の師である賢臣も、平太の接骨の確かさには一目おいていた。それは平太が賢臣の下で七年有余の修業で身につけた技であり平太も自信があった。

そんな平太であるが、公明について人体の骨組みやそれらの仕組みを知ったことによって、平太の接骨に対する認識は深みを増してきた。（この腕や関節はどの骨や、筋肉と結びつき作用しあっているのか）外見では見えない仕組みを考え、いとおしむように治療にあたる平太に変わってきたのであった。

「医は漢方でも蘭方でもない、ひとりでも多くの病人を苦しみから救うことだ」

芳庵先生が言われていたように、私は病人を苦しみから救うために両方の医術を取り入れることのできる医師になる。

迷いながらようやく一筋の光を見いだした平太であった。

公明の供をして神田和泉町の大学東校に出かけることがある。ここでは人体解剖を見学させてもらうこともあり、解剖図とは違った感動で、そんな夜はいつまでも寝付けなかった。公明は学問への情熱をもち、絶えず挑戦し続ける新弟子を、臨床医学《りんしょういがく》についての処方《しょほう》や理論につぎつぎと挑戦させていった。

二　師の願い

そんなある日「芳庵危篤《きとく》」の報が届いた。耳にするや否や平太の心も体も猪苗代の芳庵の元へ飛んだ。（先生の傍で……先生の脈を……）と駆け付けた平太であったが、芳庵の脈をとることはできなかった。

（先生はこの世の中で、私の成長を楽しみに待っていてくれた唯一の人。私が医師になるまで元気でいてほしかった……）

平太は溢れる涙を拭こうともせず芳庵の遺体の前にいつまでも座っていた。

（あれは会津が薩長に敗北したときであった）

平太は芳庵との出会いを思い浮かべた。阿鼻地獄《あびじごく》の中で汗だくで介抱《かいほう》を続ける老人。私は夢中で手を貸した。

縁も所縁《ゆかり》もない私に、医師になれ！　と夢と希望を与えてくれたのは先生である。

平太は悲しさを押さえることができなかった。平太の嗚咽《おえつ》が芳庵の頭上を流れた。

平太は縁側から暗くなった猪苗代湖を見た。広がる湖を覆《おお》う真っ黒な雲はまるでこの世の果てのようで不気味であったが、雲の切れ目から漏《も》れている一条の光に、平太は芳庵の声を聞いた。「人のためにな……」の声で我に返った。

この時の光景と言葉は、平太の心に根付き、忘れることがなかった。

平太は松之丈を呼んだ。鴨居《かもい》をくぐってのっそりと部屋に入ってきた松之丈に、平太は驚いた。

「大きくなったなあ！」平太の一声に松之丈は微笑《ほほえ》んだ。それは十四歳の少年の顔であった。これまでの無沙汰と労を謝した平太は、

「松之丈、生前先生から聞かされていたと思うが、これを機に、私と一緒に東

京に住んでほしい」

「……」

「そなたのことだ、きっと願っている夢があるだろう。夢を果たすには東京は持って来いのところだ。その気になればいくらでも勉強だってできる。ぜひ私と同行してほしい」

「私は武士になりたい。父上と母上の恨みを果たしたいのです」

黙り込んでいた松之丈は顔を上げると、低いがはっきりとした声で答えた。

平太は一瞬たじろいだ。(な、なんと。いまも薩長に恨みを……)

芳庵から聞いた会津人の魂が、あの時四、五歳であった松之丈に宿っていたとは……。そして今なお根を張っているとは……。

松之丈は黙り込んでいる平太の顔を直視した。意気に燃える松之丈の顔を見て平太は、

「松之丈の決意はよくわかった。ところで松之丈、嵐の日の空を見たことがあ

るか。たくさんの雲が流れているだろう。世の中はこの雲の流れによく似ている。雲の流れを食い止めることはできないのだ。世の中も流れている。流れるというか、変わっていく。明治の世になって武士は消滅した。このことは知っているだろう」

世の中の変動は、噂話で松之丈も薄々は知っていた。

「維新の後、新政府に反対した武士たちは、あちこちで反乱を起こしたが、押さえ付けられてしまった。そんな話は猪苗代まで届いたかな？　会津人が敵と目する薩摩だが、その後西南戦争で政府の軍にやられてしまった。つい二年ほど前のことだ。この時の薩摩の大将は西郷隆盛だ。西郷は会津との戦さでは政府軍で活躍した人だ。昨日の味方は今日の敵、かように世の中は流れていると思わないか」

「………」

「東京にいると、その流れを早く知ることだってできる。松之丈は世の中の流れの中で両親の孝養《こうよう》について考えてみるんだな」

数日後、平太は松之丈を連れて東京に戻った。当分の間平太の住む診療所で世話になることになった。

三　小村診療所

一八七九（明治一二）年に試験法は改正されたが、それには『大意』の二文字が取り去られていた。発布されてから二年後のことである。受験を志していた書生たちの驚きは大きかった。それぞれの科目は大意ですまされなくなったのである。物理学、科学、解剖学、生理学、薬物学、内科、外科について精密《せいみつ》な力量が問われることになったのであった。

平太には恐れも迷いもなかった。学ぶことが楽しくて、寝る間も惜しんで本を読み、公明に付いて学び続けた。知識欲を満たそうと励む今の平太には、〝嵐に向かって立つ〟という気負《きお》いは必要でなかった。

一八八三（明治一六）年十月。医師免許規則ができ、医師はすべて免状を得たものに限ることとなり翌年の一月から施行された。

さっそく平太は挑戦したが不合格であった。

「不合格ということはまだまだ勉強が足りないということだ。頑張るんだな」

公明は平太を励ました。

翌年平太は二度目の挑戦をしたがやはり不合格であった。読み書きすら満足でなかった私だ、一度や二度で合格するはずはない。そうは思いながらも平太は悔しかった。

一八八五（明治一八）年。三度目の勝負で平太は合格を掴《つか》んだ。三十一歳であった。

武州多摩郡日野村に居れなくなって、善助の家を飛び出してから二十年になる。とにかく嬉しい。腕白《わんぱく》のかぎりを尽くしていた私が医師になる。合格してみると信じられないことであった。

急ぎ明神裏《うら》に住む武雄と永富町の賢臣への報告のため平太は診療所を出た。

賢臣は不在であったが兄弟子であった蓑助は在宅していた。賢臣の娘香代と所帯《しょたい》をもっていた。

「さすが平太殿、やり遂《と》げるとは思っていたが。いやお目出度《めでた》いことです」

兄弟子であった蓑助は平太の頑張りを肩を叩きながら讃《たた》えた。そんな蓑助の顔を見て、新しい医学の門戸を叩くか否か悩んだ日々が、遠いことのように思えた。

武雄先生にはずいぶん無沙汰《ぶさた》をしている。（この橋を渡るのは何年ぶりだろう）昌平橋は相変わらず人出がある。（先生も奥さんもお元気であろうか）平太は足早になった。

ふと、娘つるを連れて明神さまの祭りに行ったことを思い出した。

（たしかあのとき松之丈ぐらいだったと覚えているが、そうだとするとあの子も一七、八の年ごろのはず）

武雄の診療所は森閑《しんかん》としていた。平太の胸は騒いだ。

来訪を告げると若い女性が出てきた。平太はどぎまぎしながら来意を告げた。

女性はあわてて内に引き下がった。

「まあ平太さん。すっかり立派になって。夫は臥《ふ》せっておりますが、どうぞ奥へ」

武雄は奥座敷の床の中にいた。平太の開業試験の合格を武雄は涙を流して喜んだ。

「ところで平太、お前はまだ独り身か？　そうだとしたら、わしの今生《こんじょう》の願いを聞いてはくれまいか」

武雄は風呂場で倒れてから四年になる。その時から診療所は閉じているという。寝たきりの今の生活になったのは二年ほど前で治る見込みはない。医師であったわしが言うのだから間違いはない、という。

急に武雄は咳《せ》き込んだ。武雄の背中を擦《さす》りながら平太は次の言葉を待った。

一息した武雄は、

「そこでじゃ、そなたに娘を貰《もら》ってもらいたいのだ。親のわしが言うのもおかしいが、つるは気だてのいい娘だ。私がこのようになってからは、貼り薬をつくる母親の手伝いをして娘盛りを送っている。不憫《ふびん》でならぬ。つると所帯をもってもう一度、診療所を開いてもらえないだろうか」

思いがけない話に平太は驚いた。「結婚と開業」夢のような話である。突然白髪の芳庵の顔が浮かんだ。にこやかに、何度もうなずいている。武雄と平太を結びつけたのは親とも慕った芳庵であった。

平太は高鳴る鼓動を抑《おさ》えながら、「返事は二、三日待ってほしい」と返答し、武雄の家を辞した。夢中で駈ける平太はどこをどのように走ったのか、何も目にも耳にも入らず神田明神から小石川林町までの道程を一気に駈け戻った。

武雄の話の結論を出すことに二、三日はいらない。平太の心は決まっていた。

（運が向いてきたのだ！）平太はそっとほくろに触れた。

これまでに「いいほくろよ」とほくろを愛《め》でてくれた人々を思い浮かべた。


「平太！　努力は報いられたな。独り立ちには願ってもない話だ」

公明の喜びの言葉に押し出され、婚儀は着々と整っていった。

媒酌は公明夫妻にお願いし、賢臣夫妻と、兄弟子の蓑助を祝儀《しゅうぎ》の席に招いた。

新婦の父は床の中であったが、思いやりのただよう温かい婚儀の席であった。

（私は十歳で孤児となったが、今日の日までいつも誰かに助けられ、教えられ、この日を迎えることができた）

顔の火照《ほて》りを冷まそうと、平太は廊下に立った。初夏の風が心地よい。風のそよぎに誘われて、平太は夢中で生きてきた来し方を振り返った。近藤勇の言葉、命の恩人の老夫婦は今も達者《たっしゃ》であろうか。芳庵の笑顔。一つひとつが無性《むしょう》に懐かしかった。

四　道なお遠し

娘の花嫁姿を見て満足したのか、その数日後武雄は他界した。安心しきった穏やかな死に顔であった。葬儀の後始末を終えた平太は、明神裏の武雄の家に引っ越した。結婚後小村の姓を継ぎ、小村平太となって診療所を開業した。

平太に促《うなが》されて上京した松之丈は、平太とともに公明の診療所で手伝いに精を出していた。できることなら松之丈も医師になって、私と一緒の道を歩いてほしい。そんな願いをもっていたが、〝本人の希望を大事にする〟その思いは平太に強かった。

平太の結婚を機に松之丈は平太の元《もと》を離れるという。「兵隊になる。そのために陸軍士官学校を受験する」という。

長子である松之丈の兵役は免除される。だのに（なぜ志願してまで兵隊に……）平太は松之丈の心の内が理解できなかった。松之丈は「国を守るため」という。

しかし理由はそれだけではなかった。薩長が幅を利かせている今の社会に、会津人の入り込むことの困難さを、松之丈は肌で感じとっていた。

「私はそなたの母上にそなたを『引き受ける』と約束をした。命だけは大事にし、父母先祖の霊を安心させてほしい」

松之丈の強い決意を知った平太は、松之丈にその願いを託すことしかできなかった。

数日して、松之丈は公明の書状を手に、知人の陸軍幹部の家を訪ね、その家の書生となって住み込むこととなった。

小村診療所を開業して一ヵ月が過ぎた。亡義父の代からの患者も多く、そのことも追い風になってはいたが「若いけどあの先生の診《み》たては確かだ」「先生に診てもらったおかげで命拾いができた」と医師平太の評判はよかった。なかでも外科にかかわる治療は特に評判が高かった。

平太は毎日の診療が楽しくて（あっ！　今日も終わってしまった）と、その日の診療を終えるのを残念に思うこともあった。医師としての自信も、診療を重ねるごとについた。

つるとの夫婦仲も睦《むつ》まじく、義母さととの三人の生活は穏やかで心おきなく医師の勉強に取り組むことができた。

一年後には長男竜一郎が誕生した。

（孤児であった私に、血のつながりをもった私の分身が……）

なんとも輝かしく、飛びまわってこの喜びを多くの人々に伝えたい。平太はそう思った。

暇を見つけては平太は竜一郎を抱き部屋を歩きまわり、立ち止まっては何もわからない乳飲み子に語りかけるのであった。

（私にこのような満ち足りた日がこようとは……）平太は幸せであった。


一八八六（明治十九）年夏、平太の診療所にも患者が急増した。コレラが発生したのであった。

この伝染病は七年前にも一度猛威《もうい》をふるっている。この時公明の診療所で書生として働いていた平太は、この病気の特徴をよく知っていた。吐いたり、水のような便が出るという病人の症状から、自信をもってこれはコレラであると診断し、病人を素早く本所緑町の避難院《ひなんいん》に送り隔離《かくり》した。

病は蔓延《まんえん》し「虎列刺病患者《これらびょうかんじゃ》」と印されたのぼりを付けた車は、次から次へ避難院に送り込まれていった。

病魔《びょうま》に慄《おのの》いた年も終わり、人々は新しい気持ちで新年を迎えた。

夏には竜一郎も誕生日を過ぎ、まさに可愛いい盛りであった。

休診日の昼下がりのことである。涼しい縁側で、歩きはじめた竜一郎の、あんよのお披露目《ひろめ》をすることになった。

「さあ竜一郎、とうさまや、ばばさまにあんよをして見せましょう」

「竜一郎あんよができるかな」

つるや平太が促しても竜一郎は母親から離れない。いつもの元気もない。

「どうしたんだ？」

平太は覗《のぞ》き込んで竜一郎の顔を見た。竜一郎は煩《わずら》わしそうに平太の顔を避《さ》ける。

「どうしたのかしら、今日は機嫌《きげん》が悪いわ。そういえば二、三日前から元気がなくて食事も残してしまいました」

「下痢《げり》をしているのか」

「いいえ、昨日から通じはありません」

「眠《ねむ》いんじゃないですか。きっとお眠《ねむ》よ」さとが言葉をはさんだ。

コレラの恐怖から覚めやらないこの時期である。コレラ特有の症状がないので、つるは竜一郎の様子を気にしていなかった。

あくる日、ぐったりしている竜一郎の額《ひたい》に手を当てたつるは、高い熱に驚いて平太を呼んだ。オムツを替えたら便に血が混じっていたという。

平太はあわててつるの腕にぐったりとしている竜一郎を見た。かなり衰弱《すいじゃく》している。

血便《けつべん》が出るということは消化器がやられている。痛いところはないか。問うたところで答えられるはずはない。温めるべきか。呼吸はかなり速い。

平太は最愛のわが子の診断《しんだん》ができなくて、手の施《ほどこ》しようもなかった。病状の変化は激しかった。

その日の夜、竜一郎は息を引き取った。ほかに手を打つ間もない早さであった。

平太もつるもさとも悲しみのどん底に突き落とされた。医師でありながら、わが子を救うことができなかった。

竜一郎の笑顔が目に焼き付いていて離れない。最愛のわが子を亡くした悲しみとともに、的確な診断と治療ができなかった自責は、医師としての平太の自信を打ちのめした。

診療所を閉ざし、平太は逃げ場のない苦しみに身を置くしかなかった。何日も食事もそこそこに、ぼんやりとただ庭を眺めている平太の姿に、誰も声をかけられなかった。

この年、昨年のコレラに続いてチフスが流行したのであった。やはり消化器の病気で竜一郎はその犠牲になったのである。

（医師でありながら……）適切な治療ができなかった悲しみと悔しさは、日が過ぎるほどに深くなっていった。

（子ども、なかでも乳児と成人とでは同じ病気でも、症状の現れ方や進行の度合いに違いがあるのではなかろうか。今まで診てきたコレラの患者には確かに違いが見られた。チフスも同じではなかろうか……）

（そのことに気がついていたならば、竜一郎の命は助けられたかもしれない）

今の医学では、子どもの疾患はすべて内科の一部として取り扱われている。ここに無理があり、的確な診断や治療をできなくしているのではないか。

それは平太が失望と悲しみの中から思いいたった疑問であった。

平太は公明にこの考えを話した。

「確かに小児は成人と同一の疾病《しっぺい》にかかっても、症状や経過、病後など成人のそれと著しく違う。ときによっては成人より死に至ることが早いこともあるし、考えられないほどの自然治癒力を見ることもある。

ドイツでは早くから内科から分離し、小児科《しょうにか》という科もあるほどだ。私も小児の診断と治療には、特殊《とくしゅ》な経験と技術が必要だと思う」

「私は子どもを亡くし、そのことを身をもって知りました。わが子の診断も治療もできませんでした。私は今、小児のための医師になりたい。その思いでいっぱいです。わが国ではその関係の勉強はできないのでしょうか」

「なるほど、小児科の勉強を始めたいと。あい変わらずじゃな。実はこの必要性に応えるため、国は二年後(明治二十二年)、東京帝国大学医学部（前大学東校）に小児科の教授を招くらしい。そうなれば、そなたの願望《がんぼう》成就《じょうじゅ》の日も遠くはあるまい」

翌年平太夫婦に次男が誕生した。捨次郎と命名した。家の中が急に明るくなり、笑い声も聞かれるようになった。平太は悲しさから立ち直り小児についての勉学を目指した。

公明の話のとおりその翌年、弘田長が小児科教授として着任した。平太は公明の紹介で週二日、弘田の講義を傍聴《ぼうちょう》できる許しを得た。

再び嵐の前に立ち向かった平太であったが、医師としての基礎はすでにできているうえでの小児科の勉強である。吸い取り紙が水を吸いとるように、講義内容の一つひとつが納得できた。一人でも多くの子どもを病気から守ってやりたい。それは竜一郎への鎮魂の願いでもあった。

二年後、平太夫妻に女の子が誕生した。あいと名前をつけ、はじめての女の子の誕生を喜んだ。

いつの頃からか小村診療所の前は子ども連れで賑わうようになっていた。狭い待会室は人であふれ、幼い子どもが騒いだり、赤ん坊が泣いている。診察室には泣く子を膝にした母親の心配顔があり、病人の前には騒々しさも意に介さず、診察している平太の姿があった。

口から顎《あご》にかけてもじゃもじゃの髭《ひげ》で覆《おお》われた医師の姿に疲れは見られたが、両の目は輝き鼻の脇のほくろは光っていた。子どもたちはそんな平太をほくろ先生と呼びはじめ、珍しそうに触《さわ》ったり、撫《な》ぜたりするのであった。そんな他《た》愛《あい》ない子どもたちのしぐさに平太の心は和《なご》んだ。そんな平太を親たちもいつしか「ほくろ先生」と呼ぶようになっていた。

一八九四（明治二七）年、二女さだが誕生した。平太四十歳の夏である。

同じ年、偉大な漢方医学者として漢方医学会を風靡《ふうび》した浅田宗伯《あさだそうはく》の他界が、新聞に報じられた。宗伯が漢方医の同志と温知社を結成し、共に政府の方針に対抗した陳情も、議会で法案が否決され最後の希望は断たれた。宗伯他界の翌年一八九五（明治二八）年のことであった。

あとがき

私の住む足立区の五兵衛新田《ごへえしんでん》（現綾瀬四丁目）に、明治維新の頃名をはせた新選組の隊員三百名が止宿していたという記録が残されている。十八日間の滞在の後、近藤勇率いる新選組はこの地から千葉県流山に退散し、その四週間後、近藤勇は板橋宿で処刑《しょけい》されている。

甲州鎮撫隊《ちんぶたい》を組織した新選組は、甲州勝沼の戦いで官軍に敗れ、解隊の後江戸に引き揚げている。地図で勝沼、多摩、日野、阿佐ヶ谷と近藤勇の通ったであろう道を辿って行く中で、私は日野に転校していったA少年を思い出していた。四十年も前の教え子である。

Aは入学前に両親と死別している。手におえない悪戯《いたずら》であったが、顔中汗だらけにして取っ組み合いの喧嘩をするAを私は憎めなかった。私はAの心の鬱《うっ》積《せき》に胸を痛めながらも、一方でAの覇気《はき》に手応《てごた》えを感じていた。覇気の方向付けでAの人生は変わってくると期待をもった。Aは二年生の時、日野の叔父夫婦に引き取られ去っていった。

人は人生の多くの出会いの中で、良くも悪くも影響を受ける。Aはその後の人生でどのような出会いがあったのであろうか。あの覇気《はき》はどのように開花していったのであろうか。現在、技術指導員として外国で活躍していると聞いている。

さ迷っているとしか思えない現在の少年に、「もっと自分を大切にしなさい」「夢をもちなさい」と声を掛《か》けたい。そんな思いから本書を書き続けてきた。

A少年は本書の主人公平太と重なり、平太の生きざまはA少年の生きざまを想像させる。

平太は尊敬する近藤勇との出会いによって、武士への夢を追い求め続けたが、戦争の残虐《ざんぎゃく》さを目《ま》のあたりにして武士への夢が消えてしまう。

はたして人間にとって「夢」は必要なのであろうか。平穏《へいおん》な日常は「夢のない生活」なのであろうか。

「若くても夢がなければ挑戦しようとする気持ちも、努力する根性も起きぬ」と芳庵《ほうあん》は言う。

「今の平太は青虫だ。青虫はやがて蝶になる」「十年後、二十年後の平太を目指せ！」の芳庵の言葉に発奮《はっぷん》し、読み書きができないというハンデをもちながら、平太は不可能に近い困難に立ち向かっていく。

平太は多くの人との出会いの中で、学び、教えられ、脱皮《だっぴ》していく。しかし平太の脱皮に力を与えたのは人間だけではなかった。平太は自然界の森羅万象《しんらばんしょう》に、時には背中を押され、時には勇気をもらい、時には教えられている。

自然界の、目に見えない声が聞こえ、教えとして感受《かんじゅ》できるということは「素直な心」あってのものではなかろうか。平太は粗野《そや》ではあったが「横柄《おうへい》」ではなく「愚鈍《ぐどん》」でもない。「我以外皆師《われいがいみなし》」そんな「謙虚《けんきょ》さ」をもった少年であった。A少年もおそらくそうであったのであろう。私は人間の無限の可能性を信じている。

編集にあたり適切なご意見をくださった文芸社編集局の佐藤京子氏に心から厚く御礼申し上げます。

著者プロフィール

小山 矩子（こやま のりこ）

1930年　大分県杵築市八坂に生まれる
大分大学大分師範学校卒業
東京都公立小学校教諭・同校長として40年間教職を勤める
その間、全国女性校長会副会長として女性の地位向上に努める
退職後、東京都足立区立郷土博物館に勤務。足立区の東淵江・綾瀬・花畑・淵江・伊興を調査し「風土記」を執筆する。この作業を通じて歴史的な事物に興味を持つ
主な著書に「足尾銅山—小滝の里の物語」「サリーが家にやってきた〜愛犬に振り回されて年忘れ」「ぼくらふるさと探検隊」（文芸社刊）がある
東京都在住

ほくろ　嵐に立ち向かった男

2003年12月15日　初版第1刷発行

著　者　小山 矩子
発行者　瓜谷 綱延
発行所　株式会社文芸社
〒160-0022　東京都新宿区新宿1−10−1
電話　03-5369-3060（編集）
03-5369-2299（販売）

印刷所　東洋経済印刷株式会社

ISBN4-8355-6744-7 C0093